黒ばらさんの魔《ま》法《ほう》の旅《たび》だち

末吉暁子　作
牧野鈴子　絵

偕成社

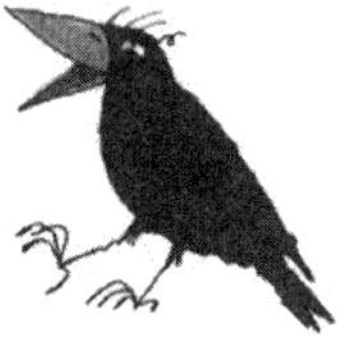

黒ばらさんは
ふつうのおばさんにしかみえません。
けれども、ほんとうは
ほんものの魔法《まほう》使い。年齢《ねんれい》だって百五十歳《さい》なのです。
きょうも世のため、人のため、そしてもちろん自分のため、
特技《とくぎ》の飛行《ひこう》術《じゅつ》と変身《へんしん》術《じゅつ》をつかいます。

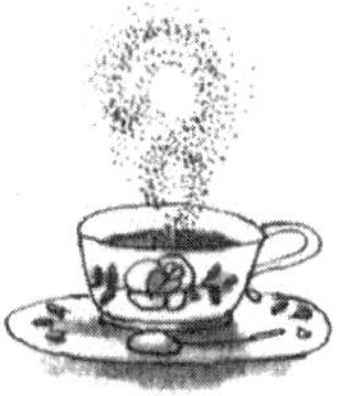

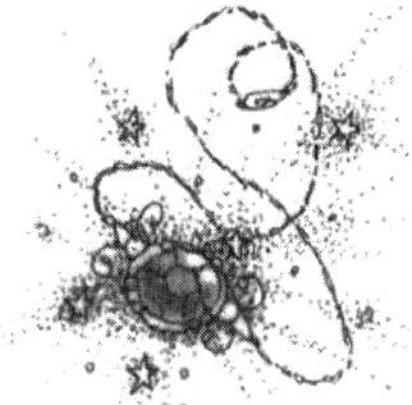

黒ばらさんの魔法の旅だち　もくじ

1　ある日の訪問者《ほうもんしゃ》

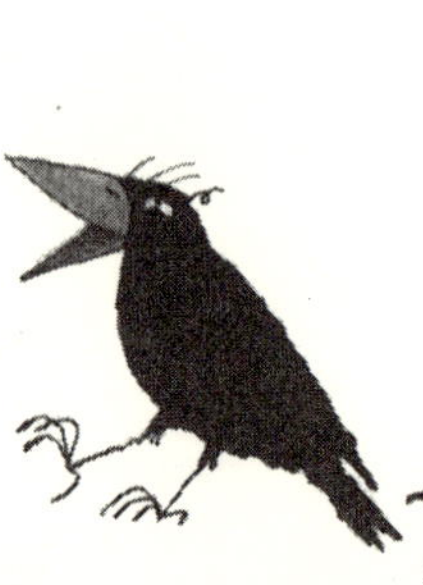

魔法使《まほうつか》いの黒《くろ》ばらさんの使える魔法は、変身術《へんしんじゅつ》と飛行術《ひこうじゅつ》の二つ。
仕事場《しごとば》にしている駅《えき》ビルの一室《いっしつ》のドアにも、ちゃんと、「悩《なや》みごとのご相談《そうだん》　二級《きゅう》魔法使い黒ばら　変身術と飛行術をお役《やく》にたてます」と書いた看板《かんばん》がかかっています。

このごろ、世間《せけん》はなぜか魔法《まほう》ブームとやらで、黒《くろ》ばらさんもひっぱりだこ。
ギャルむきの週刊誌《しゅうかんし》やむかしギャルだった婦人《ふじん》むけの月刊誌《げっかんし》などに、占《うらな》いなんだか人生相談《じんせいそうだん》なんだか、ひとり言《ごと》なんだかよくわからない記事《きじ》を合計五本も連載《れんさい》したり、あいまには講演《こうえん》をたのまれたり、ときどきは、テレビにまでひっぱりだされたりしています。

もっとも、世間《せけん》の人びとが、黒《くろ》ばらさんを正真正銘《しょうしんしょうめい》の魔法使《まほうつか》いと信《しん》じているかどうかは、かなり疑問《ぎもん》です。

実際《じっさい》に魔法を実演《じつえん》してみせたりすることはほとんどないし、あったとしても、たぶんほとんどの、というか常識《じょうしき》をわきまえた人ほど、黒ばらさんの魔法を、いわゆるトリックのある手品《てじな》だと思っていたはずです。よくできた目くらまし、みごとな仕掛《しか》けだと、おもしろがって拍手喝采《はくしゅかっさい》しているだけなのかもしれません。実際、プロの手品師《てじなし》の中には、黒ばらさんよりはるかにうまく変身術《へんしんじゅつ》や飛行術《ひこうじゅつ》をやってのける人もいましたからね。

それでも、黒《くろ》ばらさんはいそがしくなる一方《いっぽう》。

指にささったとげが取れないといった小さな悩《なや》みごとから、事業《じぎょう》に失敗《しっぱい》して莫大《ばくだい》な借金《しゃっきん》を背負《せお》い、保険金《ほけんきん》で負債《ふさい》を返そうとするのだけど、何度《なんど》こころみても死《し》ぬことにも失敗してしまうといった、黒ばらさんの手におえないものまで、悩みごとは人間の数ほど存在《そんざい》するようなのです。

もちろん、黒ばらさんは、どんな小さな悩みにも、せいいっぱい誠実《せいじつ》にこたえてきました。

黒《くろ》ばらさんの仕事場《しごとば》に直接《ちょくせつ》こられない人のために北から南へとびまわるのは日常茶飯事《にちじょうさはんじ》でしたし、徹夜《てつや》で悩《なや》みごとにつきあうこともしょっちゅうでした。

さいわい、黒ばらさんと話したあとは、みんな、多少《たしょう》は悩みがかるくなるようで、それがせめてものすくいでした。

しかし、だれにもいえない悩《なや》みごとのあるのは、黒《くろ》ばらさんのほうでした。ないしょの話《はなし》、ここのところ、どうも、うまく魔法《まほう》が使えなくなっていたのです。カエルを木《こ》の葉《は》に変身《へんしん》させようと思《おも》えば、石ころになっちゃうし、もとにもどそうとすれば、サツマイモになっちゃうという具合《ぐあい》でした。

それでも、まったく魔法《まほう》がきかなくなったわけではないので、そこは年《とし》の功《こう》、うまくごまかしごまかし、やってはいるのですがね……。

そろそろ魔法使《まほうつか》いの看板《かんばん》をおろして、らくになろうかしら。

ふっとそう思うのは、そんなときでした。

さて、その日、予約《よやく》のあった最後《さいご》のお客《きゃく》が帰《かえ》ったので、黒《くろ》ばらさんも帰りじたくをはじめました。

あしたは朝からテレビ生出演《なましゅつえん》なので、きょうはこのあと、美容院《びよういん》にいくつもりでした。

魔法使《まほうつか》いなんだから、髪《かみ》の毛《け》なんか魔法でチョチョイのチョイと、かっこうつければいいじゃないかと思うかもしれませんが、それは大きなまちがいです。変身術《へんしんじゅつ》であれ飛行術《ひこうじゅつ》であれ、いちど魔法を使えば、ドドッとくたびれて、しばらく立ちあがれないほどエネルギーを消耗《しょうもう》するのですから……。しかも、このごろのように、かならずしもうまくいかないとくれば、お金をはらってやってもらったほうがましというわけです。

ヘアースタイルは、ここ五十年ほどずっとおなじたまねぎ形《がた》でしたが、最近《さいきん》は紫《むらさきいろ》色にそめています。これは、いかにも魔法使《まほうつか》いらしくて、評判《ひょうばん》がいいようですよ。

鏡《かがみ》を見ながら、「まあ、とても百五十歳《さい》には見えないわよね……。イケテル、イケテル」と、自分にいいきかせ、プチッとウインクしたときでした。

ドアのチャイムが鳴《な》りました。

「あら、予約《よやく》なしのお客《きゃく》さまかしら。きょうはわるいけどおひきとりねがわなくっちゃ。」

そう心にきめてドアをあけると、立っていたのはしょぼくれた初老《しょろう》の男《おとこ》。

本人同様《ほんにんどうよう》くたびれた背広《せびろ》といい、気弱《きよわ》そうな目つきといい、どう見てもエリートサラリーマンではありません。

(また、お金の相談《そうだん》かな。ちかごろ、多いんだよなあ。)

そう思って身《み》がまえると、思いのほかていねいな口調《くちょう》で、男はいいました。

「失礼《しつれい》ですが、おたくさまはアカシア団地《だんち》にお住《す》まいの黒原《くろはら》かほりさまでしょうか。」

「へ?」

本名《ほんみょう》をよばれたのは、ずいぶんとひさしぶりです。

(だれ、この人?)

見覚《みおぼ》えはありません。

「そうですが……。悩《なや》みごとの相談《そうだん》じゃ……?」

男を部屋《へや》にとおすべきかどうかまよいながら、黒《くろ》ばらさんはききかえしました。

「いえ……悩《なや》みごと……というわけでもないのですが……ちょっと、そのう、ご相《そう》談《だん》といいますか……おねがい……といいますか……。」

と、両手《りょうて》をモミモミ。

(まだるっこしい人だなあ……。)

「わたし……もうしおくれましたが、宗田義之《むねだよしゆき》といいます。」

（知らないなあ……。）

そんな目で相手《あいて》をながめると、こんどは即座《そくざ》にいいました。

「宗田秀之《ひでゆき》の父でございます。」

「はあ……あっ！」

黒《くろ》ばらさんは、小さく叫《さけ》びました。

「あの……ひでくんのお父さん……？」

「はい……。」

黒ばらさんは大きくドアをあけて、宗田《むねだ》さんを部屋《へや》にとおしました。


ひでくん……。わすれるものですか。

とてつもない超能力《ちょうのうりょく》を内に秘《ひ》めた少年《しょうねん》でした。

すんでのところで彼《かれ》が暴走車《ぼうそうしゃ》にひかれそうになったとき、一瞬《いっしゅん》、車の動きをとめて、難《なん》をのがれたところを目撃《もくげき》したこともあります。

また、彼が漫画《まんが》の本を万引《まんび》きして、本屋のおじさんにつかまりそうになったとき、寸前《すんぜん》、すれちがった黒《くろ》ばらさんのうぬぼれ鏡《かがみ》と本をすりかえたこともありました。

雉鳩《きじばと》や風船《ふうせん》に変身《へんしん》した黒《くろ》ばらさんを、こともなげに見やぶったりもしました。

しかも、それらは、みーんな、自分にそんな能力《のうりょく》がさずかっているなんて知らなかった時点《じてん》で、無意識《むいしき》のうちにやっていたのです。

その後《ご》、ひでくんは、黒ばらさんのすすめで、ドイツにある魔法《まほう》学校に特待生《とくたいせい》として入学しました。それは、ひでくんが小学校を卒業《そつぎょう》した年でした。

あれからすでに十五年たっています。まだ魔法学校は卒業していないでしょう。黒ばらさんだって、あの学校を卒業するまでに八十年ちかくかかったんですから……。

でも、ひでくんがまじめに勉強《べんきょう》していれば、魔法《まほう》の腕《うで》もそうとうあがっているはず。なにより彼自身《かれじしん》が、すてきな若者《わかもの》になっているはずです。

「なつかしいな。ひでくん……どうしてます？」

そういうと、ひでくんのお父さんは、これは意外《いがい》とばかり顔をあげてから、また、がっくりと肩《かた》を落としました。

「では……黒《くろ》ばらさんのところにも、なにも……。じつは……、わたしのほうこそ、それを知りたかったんですよ。」

「へ？」

「最近《さいきん》、まったく音さたがなくて……。去年《きょねん》までは、月に一度《ど》か二度は、かならず連絡《れんらく》をくれたものですがね……。」

「なるほど。」

黒《くろ》ばらさんにも話が見えてきました。

そういえば、黒ばらさんのところには手紙こそきませんでしたが、ひでくんとはちょいちょい、話をしていました。

いえ、電話でじゃありませんよ。

黒《くろ》ばらさんがひでくんのことを思いだすと、ひでくんもちょうど黒ばらさんのことを思いだしていたところだった、ということがちょいちょいで、よく、頭の中で会話《かいわ》をかわしたものです。まあ、魔法《まほう》を使える者《もの》どうしのささやかな特権《とっけん》でしょうか。

（そういえば、ここんとこずっと、あたしも話をしていない……。）

ということは、黒《くろ》ばらさんもひでくんのことを思いだしもしなかったということです。

黒ばらさんは、ちょっと顔を赤らめました。

（ごめんね、ひでくん。あたし、ここ、二、三年、メッチャいそがしかったの。）

「元気でやっているならいいのですが、なにしろ遠い異国《いこく》の地ですし、ふつうの学校じゃないもんですから……。」

「ご心配《しんぱい》はごもっともです。」

「できることなら、わたしがいって、ようすを見てくるんですが……。休みもとれないし、そんな金もありませんし……。」

「ごもっとも……ア、いえ、それはだれだってなかなかできませんよね。」

「そうですか。こちらにもなにも連絡《れんらく》がないですか。黒原《くろはら》さんのことは、わたしのことなんかよりずっと頼《たよ》りにしていたし、魔法《まほう》学校にはいるときも保証人《ほしょうにん》になっていただいたくらいですから、なにかいってきてるかと……。なにをしているんだか……。しょうのないやつだ。」

だんだん、黒《くろ》ばらさんはそわそわしてきました。責任《せきにん》も感じます。ほうってはおけない気分《きぶん》になってきました。

「あたし、なんとかひでくんと連絡《れんらく》をとってみます。だいじょうぶですよ、お父さん。きっと、ひでくんは魔法《まほう》の勉強《べんきょう》でいそがしいんですよ。あたしだって、あの学校にいたときは、ほんとに家族《かぞく》に手紙一本、書くひまもなかったくらいですもの。」

なーに、本気《ほんき》になれば、すぐに連絡《れんらく》はとれるはず。

黒《くろ》ばらさんは、そう確信《かくしん》していました。

「ともあれ、連絡《れんらく》がついたら、かならずお父さんのところにも知らせます。」

「ありがとうございます。」

宗田《むねだ》さんは、名刺《めいし》をおいて帰っていきました。


仕事場《しごとば》を出て、駅《えき》からだらだらとつづくくだり坂《ざか》を歩きはじめた黒《くろ》ばらさんは、ふと、足をとめて、街路樹《がいろじゅ》のイチョウ並木《なみき》を見あげました。イチョウの葉は、いつのまにか金色にそまり、足もとには落《お》ち葉《ば》がふきよせられていました。

「ああ、もう、秋もかけ足《あし》で通りすぎようとしてるんだ……。」

ここ、数年間《すうねんかん》というもの、仕事に追《お》いまくられていて、季節《きせつ》のうつろいを感じる余裕《よゆう》すらありませんでした。がらにもなくセンチメンタルな気分《きぶん》になって、ほんわかと右足をだしたとたん、イチョウの落ち葉《おば》をふんで、つるりとすべって、ズッテンドー！

「きゃっ！」

黒《くろ》ばらさんは、みごとにしりもちをついてしまいました。

「いたたた、た！」

腰《こし》の痛《いた》みはともかくも、どうやら、右足首をねんざしてしまったようでした。

「けっ！　なんてこった。かっこわるい。」

ぼやきながら立ちあがったとたん、頭の上で笑《わら》い声《ごえ》がきこえました。

「クエーッケ！　ケーッケ、ケッケッケッ！」

見あげると、一羽《わ》のからすが電線《でんせん》にとまって見おろしたまま、大口あけて笑っています。

はぐれからすのケケーロでした。

「また、あんた？　人が失敗《しっぱい》するときは、かならずそばで見てるのね。」

黒ばらさんは、とっとと歩きだしたつもりが、足首にぎくりと痛《いた》みを感じて、つい、ぴょこぴょこした歩《ある》き方《かた》になりました。

「センセー、センセー！　だいじょうぶですケー？　かかしみたいな歩《ある》き方《かた》ですケー。」

からすのケケーロはうるさくわめきながら、ついてきます。もちろん、からすがしゃべっている言葉《ことば》は、黒《くろ》ばらさんだけにわかるのです。

「うるさいわね。かかしが歩いてるとこなんか、見たことないくせに。」

黒《くろ》ばらさんは、もう、からすにかまうのはやめて、ひたすらぴょこぴょこ歩きつづけました。

「しょうがない。きょうは美容院《びよういん》にいくのはやめだわ。早く帰って、薬草《やくそう》をすりこまなくちゃ。」


真夜中《まよなか》。

黒《くろ》ばらさんは、ほうたいを巻《ま》いた右足を、デンとコーヒーテーブルの上になげだして、自室《じしつ》の居間《いま》のソファーにすわりました。

黒ばらさん特製《とくせい》の薬草軟膏《やくそうなんこう》のおかげで、痛《いた》みはだいぶやわらぎました。

「さて、と。ひでくんのことに集中《しゅうちゅう》しなくちゃ。」

ああ、ほんとになつかしい。どうしているかな、ひでくん。

いまは、どんな勉強《べんきょう》をしているんでしょう。親《した》しい友だちができたかしら。ガールフレンドなんかもいるかしら。まさか、まだ結婚《けっこん》なんてしてやいないと思うけど……。もちろん、してたとしたって、おかしい年《とし》ではないけれど……。

静《しず》かに目をとじて、ひでくんに心を送ってみました。

けれども……。

「あれれのレ？」

いつまでたっても、なしのつぶて。

目の奥《おく》にも耳の奥にも、ただただ暗黒《あんこく》の宇宙《うちゅう》空間《くうかん》があるばかり。ひそやかな星のまたたきひとつ、見えません。

「ふーっ！」

黒《くろ》ばらさんは大きなため息《いき》をついて、目をあけました。

「だめだ、こりゃ。いったい、どうなってんのかしら。」

これまでに、ひでくんのほうがいそがしくて、黒ばらさんのことを思いだしていないということもないではありませんでした。でも、そんなときでも、放送《ほうそう》の終了《しゅうりょう》したテレビのモニターみたいに、ザーザーという雑音《ざつおん》くらいはきこえてきたものでした。そして、しばらくたつと、以心伝心《いしんでんしん》、ちゃあんと、ひでくんのほうから心を送ってきたものです。まったくの暗黒《あんこく》なんてことは、はじめてです。

「しょうがないねえ。こうなったら、〈魔界通信《まかいつうしん》〉にでも、といあわせてみるか……。」

そうつぶやいてから、黒《くろ》ばらさんは、はっとしました。

そういえば、〈魔界通信〉もいつからか、とどいていません。

〈魔界通信《まかいつうしん》〉とは、世界《せかい》じゅうの魔法使《まほうつか》い・魔女《まじょ》・妖怪変化《ようかいへんげ》・妖精《ようせい》といったたぐいの人たちの情報誌《じょうほうし》です。毎週金曜日《きんようび》に、コウモリの配達夫《はいたつふ》がどこからともなくとんできてくばっていたはずです。

「あーあ、あたしったら、魔界通信《まかいつうしん》がとどいていないことにも気がつかなかった。いつのまにか、廃刊《はいかん》していたのかもしれない。いそがしすぎるって、ほんとに罪《つみ》だわ。」

そこで、黒《くろ》ばらさんはパソコンにむかって、魔界通信の事務局《じむきょく》にアクセスしてみました。パソコンは仕事《しごと》の必需品《ひつじゅひん》でしたから、もちろん、黒ばらさんも使ってはいるのです。

ところが、なんということでしょう。コウモリによる配達《はいたつ》サービスは、人手不足《ひとでぶそく》によるとかで、とっくのむかしになくなっていたのでした。登録《とうろく》した人だけには、ときおりメールで配信《はいしん》しているようですが、そんなことも知らなかった黒《くろ》ばらさんのところには当然《とうぜん》くるはずもありません。

もちろん、ハロケン山にある魔法《まほう》学校そのものも検索《けんさく》してみましたが、なんにも出てきません。

「無理もないかも……。あの学校のお歴々《れきれき》は、パソコンだの電子《でんし》メールだのは、だんこ拒否《きょひ》しそうだもんね。」

しばらくパソコンと格闘《かくとう》したあげく、黒《くろ》ばらさんは、くたびれはててソファーにひっくりかえりました。

「どうやら、自分でいってみるっきゃないようね。だったら早いほうがいい……。」

もうすぐ冬がくるのです。ハロケン山の冬の寒《さむ》さは想像《そうぞう》を絶《ぜっ》するものでしたから……。

黒ばらさんは、立ちあがりました。

とたんに、ねんざの足首に、またもや、ぎくりと痛《いた》みがはしりました。

2 黒ばらさん、旅《たび》だつ

三日後《みっかご》、黒《くろ》ばらさんは、ドイツにむかう飛行機《ひこうき》に乗っていました。

翌朝《よくあさ》のテレビ出演《しゅつえん》が終わったら、あとの仕事《しごと》は全部《ぜんぶ》キャンセルして、ただちに旅《たび》だつときめたのに、三日もたってしまったのはほかでもありません。

まるでだれかが黒ばらさんの旅だちをじゃまでもしているかのように、つぎつぎと障害《しょうがい》がふりかかってきたのですから……。

まずは、飛行機《ひこうき》の予約《よやく》をしようとしたのですが、ここ一週間はどこの航空会社《こうくうがいしゃ》も満席《まんせき》。

ともあれ、キャンセル待《ま》ちで飛行機に乗ることにして、仕事場《しごとば》に〈臨時休業《りんじきゅうぎょう》〉

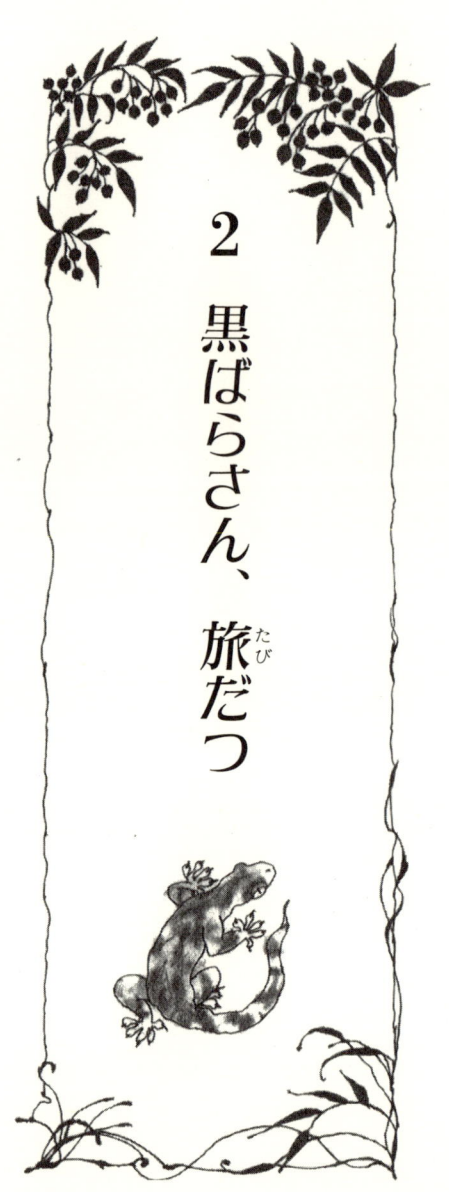

の看板《かんばん》をだしたとたんに、電話《でんわ》が鳴《な》りだしました。おととい雑誌社《ざっししゃ》に送ったばかりの原稿《げんこう》が、なぜかどこかへ紛失《ふんしつ》してしまったのだそうです。そんなときにかぎって、黒《くろ》ばらさんのほうでもパソコンに保存《ほぞん》していないというありさま。

ぼやきながらも徹夜《てつや》で書きなおし、大《おお》いそぎでしたくをしてタクシーに乗りこもうとすると、頭の上で、また、からすの鳴《な》き声《ごえ》です。

「クエーッ！　センセー！　どこへお出かけですケー？」

「ああ、ちょっと遠くまでね。しばらく留守《るす》するけど、よろしくね。」

すると、からすのケケーロは、めずらしくしんけんな声で、「キエーーイ！　気をつけて！」と、いってくれました。

「ありがとさん。ケケーロ。あんたもいいとこ、あるじゃないの。」

「ケーをつけて！　旅《たび》に出るなら、方角《ほうがく》を占《うらな》ってもらったほうがエー、ケケー！

方角、わるケりゃ、カタタガエー！　カタタガエー！」

ケケーロは、しつこいくらい、くりかえしました。

「ばかいってんじゃないわよ。あたしゃ、いそぐのよ。」

ケケーロに手を振《ふ》って、タクシーを走らせたとたんに、交通渋滞《こうつうじゅうたい》にまきこまれました。だれかが通《とお》せんぼでもしているかのように、であう信号《しんごう》は全部《ぜんぶ》赤。踏切《ふみきり》に

さしかかれば、かならず遮断機《しゃだんき》がおりてきます。

空港《くうこう》についてからだって、たいへんだったのです。

トランクをあずけて、ようやく手荷《てに》物検査《もつけんさ》にむかおうとすると、バッグの中で、なにやらガサゴソとうごく気配《けはい》が……。あわててチャックをあけてみると、どうでしょう。

からすのケケーロが、「クエー！」とばかり、顔をだしたではありませんか。

「きゃっ！　あんた、いったい、いつのまにはいりこんだのよ。」

まわりの人に気づかれないうちに、黒《くろ》ばらさんは、あわてて、ケケーロの頭をバッグにおしこめました。

「ケケッケ！　そりゃ、タクシーが渋滞《じゅうたい》しているときでケア。なにせ、あっしゃ、こんどばかりは、センセーのことが心配《しんぱい》になっちまってクエ。やっぱ、クエ、あっしがついていかなきゃダミダクエーってきめたんで、クエッケッケ！」

「クエッケッケって、あんた、飛行機代《ひこうきだい》をはらう気もないくせに、よくいうわよ。」

「クエッケッケ！　まあ、そんなかたいこといいなさんな。センセーも魔法使《まほうつか》いなら、あっしを、なんかこう、ぬいぐるみにでも変身《へんしん》させてクエー！」

「じょうだんじゃないわよ。」

最近《さいきん》、あたしの魔法《まほう》の腕《うで》、自分でも信用《しんよう》できないのよとつづけようと思ったのですが、それはやめておきました。一応《いちおう》、このからす、黒《くろ》ばらさんの魔法の腕だけは尊敬《そんけい》してくれているようでしたから……。

じつをいうと、魔法の杖《つえ》も、手荷物《てにもつ》の中にいれて運ぶため、ボールペンにかえたつもりが、歯《は》ブラシになってしまったのです。

「クエ？　クエ？　なにクエ？　魔法《まほう》の腕《うで》がにぶったとでも？」

「ムムッ！」

痛《いた》いところをつかれた黒《くろ》ばらさん、思わずいってしまいました。

「じゃあ、いいわよ。そのかわり、なになってももんくはなしよ。」

あわてて洗面所《せんめんじょ》にかけこんだ黒《くろ》ばらさん、心を集中《しゅうちゅう》して呪文《じゅもん》をとなえ、みごと、からすをかわいいぬいぐるみにかえたつもりが、あらわれたのは、生きたハエ一匹《ぴき》。

「ブーン！　おーい、あっし、なになっちゃったんですケ？」

ケケーロは洗面所をとびまわり、鏡《かがみ》にうつった自分のすがたを見て、さすがにびっくりぎょうてんしたようでした。

「あーあ、また失敗《しっぱい》だ。ま、いいや。早くついてきて！　乗りおくれちゃう。」

黒《くろ》ばらさんが叫《さけ》ぶと、ハエはあわてて黒ばらさんの肩《かた》にとまって、しがみつきました。

飛行機《ひこうき》がようやく水平《すいへい》飛行にうつり、機長《きちょう》のアナウンスが低いおだやかな声で流れだすと、黒《くろ》ばらさんは、「ふうっ！」と大きなため息《いき》をついて、座席《ざせき》にしずみこみました。

ハエに変身《へんしん》したケケーロも、どこか適当《てきとう》な場所にかくれてやすんでいるようです。

「やっと！　やっと！　とびたてたわ。こんどこそ無事《ぶじ》についてよね。」

ほっとしたとたん、ここ何年かの疲労《ひろう》がいっきにおしよせてきたのか、黒ばらさんは、すっかり寝《ね》こんでしまいました。

まさに、爆睡《ばくすい》していたのでしょう。目をさますと、飛行機《ひこうき》はすでにヨーロッパの上空《じょうくう》をとんでいました。

(やっときたわ。もうすぐ、ひでくんにあえる……。)

眼下《がんか》にひろがる深《ふか》い森《もり》の風景《ふうけい》をながめながら、黒《くろ》ばらさんは、胸《むね》をはずませました。

「やっとお目覚《めざ》めですケ? まあ、よくおやすみになるこって。」

窓《まど》わくのはしっこに小さくなってとまっているハエがいいました。

「あら、あんた! まだいたの。」

ハエの存在《そんざい》なんか、すっかりわすれていました。

「ケッ! こんなすがたにされちまったばっかりに、センセーが眠《ねむ》っているあいだ、あっしゃ、あの制服《せいふく》着《き》たお姉さんに見つかって、週刊誌《しゅうかんし》でひっぱたかれて、もうちょっとで命《いのち》をおとすとこでしたケー。」

ハエはそういって、両《りょう》の前足を、スリスリしました。

「まあ、そうだったの? そりゃ、とんだ災難《さいなん》だったね。」

しかし、黒《くろ》ばらさんがこのあと、すんなりと目的地《もくてきち》へついたかと思うとおおまちがい。

機《き》をおりて、トランクを受《う》けとろうとすると、黒《くろ》ばらさんの荷物《にもつ》だけが、みごとに積《つ》みわすれられていたのです。

「明日はかならず、お客《きゃく》さまのホテルにおとどけいたしますから……。」

航空会社《こうくうがいしゃ》の人は平身低頭《へいしんていとう》して、そういってくれましたが、なにしろ行き先は、山の中の魔法学校《まほう》です。一日、ここで待《ま》つか、あきらめるかしかないでしょう。

黒《くろ》ばらさんは、トランクをあきらめました。

「ま、運《うん》がよければ、帰りに寄《よ》ったときにひきとるわ。」

手荷物《てにもつ》の洗面道具《せんめんどうぐ》の中に、魔法《まほう》の杖《つえ》をしのばせておいたのだけが、不幸中《ふこうちゅう》のさいわいでした。もっとも、杖は歯《は》ブラシにかわっていて、もういちどちゃんともとにもどるかどうかは、黒《くろ》ばらさんにもわかりませんでしたが……。

ともあれ、そこから南にむかう列車《れっしゃ》に乗りかえました。

足のあるあいだは、できるだけ魔法は使わずに、いけるところまでいくつもりでした。

二時間後《ご》、森《もり》の手前の小さな駅《えき》で黒ばらさんをおろすと、列車はトコトコとさきへいってしまいました。

ハエは、黒《くろ》ばらさんの頭の上をブンブンとびながら、さかんにわめきたてていました。

「センセー！　そろそろ、あっしをもとにもどしておくれっケー！　いつまでも、こんなすがたでいると、あっしゃ、からすにもどったときも、前足、スリスリするくせがついちまいますケー。」

「まあ、あわてなさんな。」

黒《くろ》ばらさんは、ゆっくりとあたりを見まわしました。

駅《えき》の前には、細《ほそ》い道が一本、かなたの森《もり》の中までつづいています。その両側《りょうがわ》には、古い木骨《もっこつ》の家が何軒《なんけん》かへばりついているばかり。

森《もり》のはるかむこうには、見覚《みおぼ》えのある山のいただきが見えました。頂上《ちょうじょう》に二つの角《つの》のようなでっぱりのある岩山《いわやま》、しかも、片方《かたほう》の角はとちゅうで折《お》れています……これこそ、黒《くろ》ばらさんのめざすハロケン山です。

なつかしいハロケン山……。もうすぐあえるわよ、ひでくん。

黒《くろ》ばらさんは、心の中で叫《さけ》びました。

魔法《まほう》学校をおとずれるなんて、何年ぶりでしょう。

時計を見ると、お昼《ひる》すこし過《す》ぎ。

どこかでかるく腹《はら》ごしらえしてからいっても、暗《くら》くなるまえには、魔法《まほう》学校に到着《とうちゃく》できそうです。

「さて、と。どっかにレストランがないかしら。」

ガラーンとした駅舎《えきしゃ》で、ようやくひとり、駅員《えきいん》らしい人を見つけてたずねると、ひと言《こと》、「ない!」と返事《へんじ》がかえってくるばかり。

「あれまあ、この村もずいぶんさびれてしまったのね。」

そういえば、この村は小さいながらも、一年に一度《ど》の春のおとずれを待《ま》つ仮面《かめん》カーニバルで知られていました。黒《くろ》ばらさんたち魔法《まほう》学校の学生も、ときどき、とび入りでお祭《まつ》りに参加《さんか》したこともありますが、村の人たちは親切《しんせつ》で、こころよく仮面を貸《か》してくれたものでした。

(そうだわ。駅前《えきまえ》に、お祭りの仮面《かめん》をつくる職人《しょくにん》の家があったはず……。こんどのお祭りのことでもきいてみよう。運《うん》がよけりゃ、お茶《ちゃ》ぐらいごちそうになれるかもしれない。)

ずうずうしいことを考えた黒《くろ》ばらさん、駅前《えきまえ》の古い家にむかいました。

家の前には、朱赤《しゅあか》の実《み》をたわわにみのらせた、たけ高いナナカマドの木が二本、くっつきあうようにしてならんでいました。

とびらをたたくと、出てきたのは、顔半分ひげもじゃのクマみたいな男です。うすぐらい部屋《へや》の中は、工房《こうぼう》のようでした。男は、うすよごれたエプロンをつけています。

（ああ、やっぱり仮面作《かめんづく》りの職人《しょくにん》の家だったわ。）

黒《くろ》ばらさんは、ほっとしてたずねてみました。

「こんにちは。こちらは、カーニバルの仮面をつくる工房《こうぼう》ですよね。」

男は、だまって肩《かた》をすくめました。

「そろそろ、カーニバルの仮面作りでいそがしいんでしょ？」

「あんた、仮面の注文《ちゅうもん》にきたのかね？」

「いいえ、そういうわけじゃないけど。むかし、このあたりに住《す》んでいたんで、なつかしくって、ちょっと寄《よ》ってみたの。」

「ふうん。いまは、この村もさびれちまって、カーニバルももりあがらねえんだよ。仮面《かめん》の注文《ちゅうもん》だって、めったにきやしねえ。」

「まあ、そうなの。それは残念《ざんねん》ね。」

どうやら、お茶《ちゃ》をごちそうになるどころじゃないようです。

黒《くろ》ばらさんががっかりして、その家をあとにしようとすると、

「おまえさん、どこへいくんだね。」

ひげ男はたずねました。

おっ、お茶《ちゃ》が出るかな？

黒《くろ》ばらさんは、期待《きたい》にみちてこたえました。

「森《もり》のむこうのあの山まで……。」

「いまからかい？　そりゃ無理《むり》ってもんだろう。じきに日が暮《く》れちまうで。」

「でも、あたし、あの山のてっぺんにある魔法《まほう》学校まで、人をたずねていくの。日本人の若《わか》い男の子なんだけど……ひょっとして、あなた、なにかきいて……。」

黒《くろ》ばらさんが、いいかけたときでした。

工房《こうぼう》の前にはえている二本のナナカマドの木の間から、女の人がひとり、わきでるようにあらわれて、まっすぐ工房にはいってきたのです。

黒ばらさんはくちびるを半開《はんびら》きにしたまま、思わず見とれました。

最新《さいしん》のファッション雑誌《ざっし》からぬけだしてきたような完璧《かんぺき》な化粧《けしょう》とプロポーション。それはまた完璧に場違《ばちが》いな美しさでした。しあげは、ピンクのつば広《びろ》の帽子《ぼうし》にピンクのワンピース、ピンクのくつと、ピンクずくめのいでたちだったのです。

（ここまでくると、場違《ばちが》いというよりは、勘違《かんちが》いといったほうがよさそうだわ。）

黒《くろ》ばらさんが胸《むね》の中でつぶやいたとたん、耳もとをブンブンとびながら、ケケーロがささやきます。

「クエー！　いい女！」

「シッ！」

黒ばらさんは、ケケーロを追いはらいながらいいました。

黒《くろ》ばらさんと目が合《あ》うと、女性《じょせい》はくちびるの片方《かたほう》のはしをわずかにもちあげてほほえみ、それから、つんとあごをあげると、ひげ男にむかっていいました。

「カーニバルの仮面《かめん》を注文《ちゅうもん》にきたの。できるだけたくさん、ほしいわ。」

女の人を見たとたんハート形《がた》になっていたひげ男の両目《りょうめ》は、それをきいた瞬間《しゅんかん》、ラメのように輝《かがや》きはじめました。

「ええっ？　ほんとですかい？　これはこれは！　では、どうぞこちらへ。」

両目はピンクの婦人《ふじん》にすいよせられたまま、もみ手をしながらいいました。

黒《くろ》ばらさんの存在《そんざい》は、完全《かんぜん》にどこかへ消《け》しとんでしまったようです。

その家をあとにすると、黒《くろ》ばらさんはバッグの中から、機内食《きないしょく》の残《のこ》りのパンをとりだして、口にいれました。

「こんなこともあろうかと、とっておいてよかった。あーあ、貧《まず》しい昼食《ちゅうしょく》……。」

「クエー！　ホントにいい女だったッケヨー！　あれで全身《ぜんしん》つやつやとからすのぬれ羽色《ばいろ》でもしてたら、申《もう》し分《ぶん》ないッケニ。あっしゃ、すぐにでも乗りかえて、あっちについていくとこだッケヨー！」

「いつでもどうぞ乗りかえてくださいな。」

黒《くろ》ばらさんは、いささかムッとしていいました。

「さあ、やっと、あんたももとにもどるときがきたようよ。」

それから、いよいよ、歯《は》ブラシをとりだしてハエをのせると目をつぶり、まとめていっしょに呪文《じゅもん》をとなえました。

呪文をとなえおわって、手の感触《かんしょく》をたしかめると、ちょうど手ごろな太《ふと》さがいい感じ。

「ん？　こんどはうまく杖《つえ》にもどったみたい。」

よろこんで目をあければ、黒《くろ》ばらさんがにぎっていたのは、なんと、大きなスコップの柄《え》！

柄《え》の先《さき》っぽにしがみついているのは、一匹《ぴき》のヤモリではありませんか。

「クエ？　あっし、大きくなった？　もとにもどったッケ？」

ケケーロはとびたとうとして、ぽとりと地面《じめん》に落ちました。

「クエー！　なんだ、こりゃ。」

「ありゃりゃ！　またこのざまだ。とべるかいな？」

スコップだろうとなんだろうと、このさい、黒《くろ》ばらさんをのせてとんでくれれば、もんくはありません。

「しっかりつかまっててちょうだいよ。」

地面《じめん》に落ちたヤモリをつまみあげてスコップにのせると、心をおちつかせて、飛《ひ》行《こう》の呪文《じゅもん》をとなえはじめました。

どうやら、スコップはいうことをきいてくれたようです。

「やれやれ！　まだあたしの呪文もすてたもんじゃないようね。」

目の前には、二本のナナカマドの木が門柱《もんちゅう》のように立っています。

「いくわよ！」

ナナカマドの木の間をスコップに乗ってくぐりぬけた瞬間《しゅんかん》、ぐらりと空気がゆらめいたような気がして、黒《くろ》ばらさんは、あわてて体勢《たいせい》をととのえなおしました。

「クエー！　センセー。だいじょうぶですケー？」

「ごめんごめん。スコップに乗ってとぶのははじめてだったからね、なれれば、なんてことないわよ。」

森《もり》をめざして静《しず》かに飛行《ひこう》をはじめると、黒ばらさんのマントが翼《つばさ》のようにうしろではためきます。しばらくしてから、黒ばらさんは、「あれ？」と首《くび》をかしげました。

ナナカマドの木の前には、駅前広場《えきまえひろば》や駅舎《えきしゃ》があったはずですが、はて、その上をとびこえたおぼえがないのです。

首をねじってふりかえってみても、丘陵《きゅうりょう》の中をくねくねとのびている道がどこまでもつづいているばかりです。

「いまさっきおりた駅《えき》がなくなってる……。」

黒《くろ》ばらさんはつぶやいたのですが、

「クエー？　そんなばーかな！　丘《おか》のむこうにめーなくなったですケョー！」

ケケーロは、どうでもいいですよといわんばかりです。

「ま、いいか。ともかくいそがなくちゃね。」

黒ばらさんは、そのまま、森の入り口につづく道の上を低《ひく》くとんでいきました。

行《ゆ》く手《て》のブナの森《もり》は、そろそろ紅葉《こうよう》の始《はじ》まった葉《は》が西日を受けて明るく輝《かがや》いています。

「クエ？　あの森《もり》の中の道をとんでいくんですケ？　なんか、ぶっそうな森ですケー。」

ケケーロが、ぺろぺろ、舌《した》をだしながらいいましたが、黒《くろ》ばらさんは無視《むし》しました。

しかし、森《もり》の中の小道をしばらくとんだところで、異変《いへん》はおきました。

行《ゆ》く手《て》の森の片側《かたがわ》で、ザザザザッと葉《は》ずれの音がしたと思ったら、とつぜん、ブナの巨木《きょぼく》がたおれかかってきたのです。ドーッと地響《じひび》きをたてて、倒木《とうぼく》は道をふさぎました。運《うん》がわるければ、下じきになるところでした。

「ぶっそうな森だわね。じゃあ、しょうがない。上をとんでいくわ。」

とびあがろうとすると、うしろからだれかが黒《くろ》ばらさんのマントを、ぐいとつかんでひきとめました。

ぎくっとしてふりむくと、マントの裾《すそ》が、木の枝《えだ》にひっかかっていたのでした。

「なあんだ。びっくりした。」

片手《かたて》をのばしてひっぱったのですが、木の枝も、まるでわたしたくないとでもいうように、ひっぱりかえすのです。スコップごと、ひきもどされそうになって、黒《くろ》ばらさんはあわてました。

ついに、ビリリとマントはやぶれてしまいました。

「あーあー、台無《だいな》しじゃないの、かっこいいマントが！」

大《おお》いそぎで森《もり》の上空《じょうくう》にとびはなれようとすると、こんどは突風《とっぷう》です。

ビュワーン！　ワーン！　ワーン！

森の枝《えだ》えだが、風に命令《めいれい》されていっせいに手をのばし、黒《くろ》ばらさんの乗ったスコップをつかみおとそうとするように、右へ左へと揺《ゆ》れました。

「キエーイ！　たすけてクエー！」

ふりおとされそうになったケケーロが、あやういところで、前足の吸盤《きゅうばん》でスコップにしがみつきました。

「あぶない、あぶない！　ここまでおいで！」

すんでのところで、スコップは木の枝《えだ》につかまりそうになったのですが、かろうじて、高みにのぼって逃《に》げました。枝えだはくやしそうにざわめきながら、なおも手をのばします。

「やれやれ、ふうっ！」

もう、どうやっても木の枝《えだ》がとどきそうにない上空《じょうくう》を、黒《くろ》ばらさんは、山のてっぺんをめざしました。

黒いマントの裾《すそ》を左右《さゆう》になびかせてとぶ黒ばらさんは、遠くから見たら、コウモリかなにかに見えたかもしれません。

ハロケン山は、森《もり》の間から巨人《きょじん》が角《つの》をつきだしているように、行《ゆ》く手《て》にそびえています。

「なんかおそろしげな山《やま》でクアー！」

ケケーロが、行く手を見て、声をふるわせます。

「あたしがむかし、かよってた魔法《まほう》学校はあの山の上にあるのよ。」

あの角《つの》の間のくぼみには半月形《はんげつけい》の湖《みずうみ》があります。そして、湖畔《こはん》にたたずむ四つの尖塔《せんとう》のあるお城《しろ》。それこそが、めざす魔法学校でした。

もうすこし、高いところまでのぼれば、ひときわ高い尖塔《せんとう》のてっぺんや、そのとなりの四角《しかく》い鐘楼《しょうろう》が見えてくるはずです。

黒《くろ》ばらさんは、スピードをあげました。

つめたい風が、黒ばらさんのマントをひきちぎろうとするように、これでもかこれでもかとおそいかかります。

もうすこしよ。ひでくん。もうすこしであえるのよ。

さあ、ここまでとんでくれれば、そろそろ尖塔《せんとう》の先が、見えてくるはず……。

黒《くろ》ばらさんは、頭をあげて、山のいただきを見つめました。

まだ、なにも見えません。

「あれ？　へんだカ？　へんだな。」

ついにハロケン山の一方のとがったでっぱりをまわりこんで、下を見おろした黒《くろ》ばらさんは、目をうたがいました。

「ええーっ？」

なんと、眼下《がんか》にひろがっているのは、ひあがって湖底《こてい》をさらしているかつての湖《みずうみ》と、そのそばの廃墟《はいきょ》ばかり。魔法《まほう》学校だったはずのお城《しろ》の建物《たてもの》は、古代《こだい》の遺跡《いせき》のような無残《むざん》な姿《すがた》をさらしているのです。

「うそーっ！　なにこれ？」

「クエー！　なにこれ？」

廃墟《はいきょ》におりたった黒《くろ》ばらさんは、信《しん》じられない思いで、周囲《しゅうい》を見まわしました。

四つの尖塔《せんとう》も鐘楼《しょうろう》も、あとかたもなく、ただわずかにのこった石の壁《かべ》と土くれのかたまりだけが、むかしここにかなりな建物《たてもの》があったことを示《しめ》しているばかり。

ひあがった湖底《こてい》をわたってきた冷《ひ》えびえとした風が、黒ばらさんのマントを吹《ふ》きあげて通《とお》りすぎました。

黒《くろ》ばらさんは、くずおれるようにしゃがみこみました。

「いったい、なにがあったの……。」

つぶやいた声も涙《なみだ》まじりです。

「センセー、センセー、だいじょうぶですケ?」

スコップからおりたケケーロが、黒ばらさんのひざににじりよってきました。

「どうなっちゃたのか、わけがわかんない……。」

せめてなにか手がかりになるものが落《お》ちてはいないかと、あたりの地面《じめん》を見まわしても、見つかったのは鳥の死骸《しがい》ぐらいのものでした。

3 王女《おうじょ》の誕生祝《たんじょういわ》い

　あっというまに、日は落ちました。

　ようやく気をとりなおした黒《くろ》ばらさんは、また、スコップにとびのってハロケン山をとびたちました。

「センセー！　こんどはどこ、いくんですケー？」

「たしか、ここから近いザワブルンの森に、十三番目《ばんめ》の魔女《まじょ》が住《す》んでいるのを思いだしたのよ。」

　十三番目の魔女というのは、ほかでもありません。そのむかし、王女《おうじょ》の誕生祝《たんじょういわ》いのパーティーに招《まね》かれなかったことに腹《はら》を立て、王女にのろいをかけたあの魔女です。

名前《なまえ》はたしか、ジャマーラといいました。

その後《ご》、彼女《かのじょ》はザワブルンの森《もり》にひっこんだまま、居眠《いねむ》りざんまいの暮《く》らしをしていたはずですが、なぜか最近《さいきん》、環境問題《かんきょうもんだい》にめざめたらしく、「地球《ちきゅう》に緑をふやそう」というキャンペーンの一環《いっかん》として、黒《くろ》ばらさんのところにも新種《しんしゅ》の植物《しょくぶつ》の種《たね》を送りつけてきたことがありました。


さっきのように、木々《きぎ》の枝《えだ》にマントをつかまれてひきずりおろされたりしたらたいへんですから、すこし高めの空中《くうちゅう》を、着陸地点《ちゃくりくちてん》をさがしながら、右へ左へとひたすらとんでいました。

せめてものすくいは、月明《つきあ》かりで森《もり》の木々のようすがくっきりと見えることでした。

うしろから、シューシューいう音をさせて、なにかが近づいてきたのは、そのときでした。まるで、やかんが沸騰《ふっとう》した蒸気《じょうき》をふきだすような音です。

「あれま。こんな夜に、へんな音をたてる鳥《とり》がいたもんだわね。」

ひょいとふりむいた黒《くろ》ばらさんは、びっくりぎょうてん。あやうくスコップから落っこちそうになりました。

なんと、月明《つきあ》かりの下をとんでくるのは、黒い三角帽子《さんかくぼうし》をかぶり、黒いマントをはためかせた人！　しかも、乗っているのは、たしかにほうきとしかいいようのない代物《しろもの》です。

この古典的《こてんてき》な三点セットは、どう考えても……。

「ま、魔女《まじょ》……？」

シューシューいう音は、やかんの注《つ》ぎ口《くち》みたいに口をとがらせて、その魔女がはきだす荒《あら》い息《いき》でした。

黒《くろ》ばらさんの知《し》り合《あ》いで、いまどき、こんなクラシックなファッションの魔女《まじょ》といったら、十三番目《ばんめ》の魔女ぐらいです。

「そういえば、このあたりが、もうザワブルンの森《もり》であってもおかしくないわ。」

ほうきに乗った魔女《まじょ》は、たちまち、横を追いぬいていきました。まっすぐ前方《ぜんぽう》を見つめたまま、黒《くろ》ばらさんのことなんか目にもはいらないといったようすです。

月明《つきあ》かりに照《て》らしだされた顔は、十三番目の魔女に似《に》ています。

「あら？　でも、ジャマーラにしては若《わか》すぎる……。」

そうです。ジャマーラはすでに三百歳《さい》はこえているはずですから……。

「だけど似《に》てた。ちょっとー！　待《ま》ってよ！」

きこえたのかきこえなかったのか、魔女《まじょ》はふりむきもせず、ほうきにおおいかぶさるようにして背《せ》をまるめ、たちまち、森《もり》の上空《じょうくう》を遠ざかっていきました。

「クエー？　いまの、デッカイからすー？」

ケケーロも同様《どうよう》、ふりおとされないよう、ひっしでスコップにしがみつきながら、叫《さけ》びました。

「からすじゃないわよ。あたしの知《し》り合《あ》いに似《に》てたわ。追《お》っかけなきゃ。」

黒《くろ》ばらさんは、スピードをあげました。

やがて森《もり》の一角《いっかく》に、城《しろ》のりんかくが見えてきました。

「クエー！　やったー！　食《く》い物《もの》にありつけるッケヨー！」

ケケーロが歓喜《かんき》の声をあげました。

「あれは、ザワブルンの城《しろ》じゃないかしら……？」

もっとも、城といっても、領主《りょうしゅ》やその妃《きさき》が住《す》んでいたのはむかしのこと。いまは、観光用《かんこうよう》のホテルに改造《かいぞう》され、若《わか》い男の子や女の子が王子《おうじ》さまや眠《ねむ》り姫《ひめ》に扮《ふん》してショーをやってみせたりしているはずでした。

広大《こうだい》な前庭《まえにわ》には、城門《じょうもん》からつづくアプローチの両側《りょうがわ》にたいまつが点々《てんてん》とたかれています。

さっき、黒《くろ》ばらさんを追いぬいていった魔女《まじょ》は、ものすごいスピードでカーブをえがきながら、ならんだたいまつの炎《ほのお》をゆらしてかすめとび、城《しろ》の建物《たてもの》の入り口の手前でとまりました。すんでのところで、壁《かべ》に激突《げきとつ》しそうないきおいでした。

バラバラとベルボーイらしい人たちが近よってきましたが、魔女はほうきをふりまわして彼《かれ》らをけちらし、肩《かた》をいからせて建物の中へはいっていきました。

「あれまあ。なにやらたいそうなご立腹《りっぷく》みたい……。どうしたっていうんでしょ。」

黒《くろ》ばらさんも、つづいて着地《ちゃくち》しました。

やはり、ベルボーイがふたり、かけよってきました。中世《ちゅうせい》の衛兵《えいへい》みたいな衣装《いしょう》をつけて、槍《やり》を手にしています。

「お名前を……。」

ひとりがたずねました。

「二級魔法使《きゅうまほうつか》い黒《くろ》ばらです。予約《よやく》はしてないんだけど……。」

どうせ知っているわけもないでしょうが、一応《いちおう》、職業《しょくぎょう》も名のっておきました。

でないと、空からスコップに乗ってきた言《い》い訳《わけ》も思いつきませんから……。

それをきいたふたりは、案《あん》の定《じょう》、顔をつきあわせてなにごとか相談《そうだん》していましたが、すんなりとおしてくれました。

「よかった。お部屋《へや》、あいてたのね。そのまえに、おなか減《へ》ってるんで食事《しょくじ》したいんだけど、レストランはまだあいてるかしら。」

「どうぞ、どうぞ。お待《ま》ちもうしあげておりました。大広間《おおひろま》には、食事も用意《ようい》してございます。」

ベルボーイは、愛想笑《あいそわら》いをしながらこたえました。

「え？　あたしのこと、待ってたって？」

クエスチョンマークが、ぴょこんと頭の上にとびだしました。

「今夜《こんや》は、姫《ひめ》さまの誕生祝《たんじょういわ》いです。空からおいでになる方《かた》がたは、丁重《ていちょう》におむかえするようにといいつかっております。」

「え？　ここ、ホテルでしょ？」

「ここは、ザワブルン城《じょう》でございます。」

ふたりが、わけのわからないやつがやってきたぞ……と、いわんばかりの顔つきでうなずきあったのを、黒《くろ》ばらさんは見てしまいました。

そういえば、さっきから、彼《かれ》らのみょうに芝居《しばい》がかった口調《くちょう》が気になっていました。

そんなときは、とりあえず調子《ちょうし》を合わせるにかぎります。

「わかってるわよ。今夜《こんや》は王女《おうじょ》さまの誕生祝《たんじょういわ》い。あたしたち、空からの訪問者《ほうもんしゃ》は、王女さまに贈《おく》り物《もの》をするために招《まね》かれているんでしょ？」

プチンとウインクしたあとで、あてずっぽうにいってみると、たちまち、彼《かれ》らの顔からばかにした表情《ひょうじょう》が消《き》えうせました。

深《ふか》ぶかと礼《れい》をしてから、さきにたって、黒《くろ》ばらさんを城《しろ》の中に案内《あんない》していきました。

（バッチリ！　いってみるもんだわね。これで食事《しょくじ》にありつけるわ。）

黒《くろ》ばらさんは、スコップの先《さき》っぽにしがみついているケケーロにむかって、V《ブイ》サインをだしました。

おおかた、どこかの大金持《おおがねも》ちがホテルの大広間《おおひろま》を借《か》りきって、娘《むすめ》の誕生祝《たんじょういわ》いでもしているのでしょう。あつまる人たちも従業員《じゅうぎょういん》も、ハロウィーンパーティーよろしく仮装《かそう》しているのだと考えて、黒ばらさんは自分を納得《なっとく》させせました。

入り口をはいったところにクロークがありました。

「こちらで持ち物をおあずかりいたします。」

やはり中世《ちゅうせい》の服装《ふくそう》をした係《かかり》の男は、黒《くろ》ばらさんの手にしたスコップに目をとめていいました。

「あ、これは……。」

パスポートよりだいじな道具《どうぐ》だから……と、うしろ手にかくそうとしましたが、男はスコップの柄《え》をムンズとつかんではなしません。

「魔法《まほう》の道具も武器《ぶき》とみなされておりますゆえ、おゆるしを……。」

真顔《まがお》でそういうではありませんか。

こんなところでごねて、食事《しょくじ》にありつけないまま追いだされるのだけは、ごめんこうむります。

それよりも、この人はあたしが空をとんできたところを見てもいないのに、どうしてこのスコップが魔法《まほう》の道具だなんてわかったのかしら……。

むらむらとわきあがってきた疑問《ぎもん》は、男がうしろのカーテンをあけた瞬間《しゅんかん》にとけました。

見えたのは、壁《かべ》に立てかけてある何本かのほうきと、大なべ・うす・たらい、それに、杖《つえ》やはたきや、ただの丸《まる》たん棒《ぼう》……。

(やだ。これってみんな、魔女《まじょ》の乗《の》り物《もの》じゃないの。ふーむ。みんな、仮装《かそう》だけでなく、持ち物にも気合《きあい》をいれてるんだ。しかし、そこまでやるかねえ。)

それにしては、どれもこれも使いこんであります。もしかして、本物《ほんもの》の魔女《まじょ》たちのものかしら。ちらりとそんな考えが頭にうかびましたが、まさか！　と思いなおしました。

さっき黒《くろ》ばらさんを追いこしていった魔女をふくめて、いまでも何人《なんにん》かは本物の魔女が存在《そんざい》するのはみとめるけれど、いくらなんでもこんなにおおぜいの魔女なんて……。

しかし、フッフッと好奇心《こうきしん》がわいてきた黒ばらさん、すなおにスコップをあずけて、大広間《おおひろま》にはいっていきました。

案《あん》の定《じょう》、広間につどう人びとは、男も女も時代がかった衣装《いしょう》。はるかむこうのはしが、かすんで見えないほど広い部屋《へや》でしたが、着《き》かざった人びとの視線《しせん》のさきには、王とその妃《きさき》に扮《ふん》したカップルがすわっています。ふたりの前には、どこもかしこもまっ白のフリフリでかざりたてたゆりかごがおいてありました。

（ふーん。あれが、今夜《こんや》のパーティーを主催《しゅさい》した、どっかのド金持《がねも》ちの夫婦《ふうふ》なのね。）

さて、さっきの魔女《まじょ》をさがすのがさきか、とりあえず食《た》べ物《もの》にありつくのがさきか、一瞬《いっしゅん》悩《なや》んだ黒《くろ》ばらさん、あたりを見まわすと、玉座《ぎょくざ》にむかっていそぎ足で近づいていく黒《くろ》ずくめのとんがり帽子《ぼうし》の人物が視野《しや》にとびこんできました。いからせた肩《かた》の具合《ぐあい》からいって、あの魔女《まじょ》にちがいありません。

「いたわ！」

しかも彼女《かのじょ》は、ほうきを片手《かたて》につかんだままです。

「あ、ずるーい！　ほうき、持ったままじゃない。」

あのクローク係《がかり》も、彼女からほうきをとりあげるのには失敗《しっぱい》したようです。

そのとき、お盆《ぼん》にオードブルのようなものをのせて、人びとのあいだをねりあるきながらこちらにやってくる給仕《きゅうじ》のすがたも目にとまりました。やはり、中世《ちゅうせい》のお小姓《こしょう》すがたです。

黒《くろ》ばらさんは、見うしなわないようにとんがり帽子《ぼうし》に目をすえたまま、すれちがいざま、給仕のお盆からスモークサーモンののったパンをひと切れ、さっとかすめとり、ぱくりと口にいれました。

ふだんは菜食主義《さいしょくしゅぎ》を心がけている黒ばらさんですが、飢《う》え死《じ》にしそうにおなかがすいている場合《ばあい》は、もちろん、ナンデモアリです。

「クエックエッ！　アッシにも分《わ》け前《まえ》、クエー！」

肩《かた》にとまったケケーロが、なさけない声をだします。

「ああ、いたのね。そんなところに。」

しかたなく黒《くろ》ばらさんは数歩《すうほ》もどって、さっきの給仕《きゅうじ》のお盆《ぼん》から、またもや、さっと、パンをひと切れ、かすめとりました。

給仕はふりむいて、黒ばらさんのすがたを上から下まで、じろりとながめました。

こんどのは、チーズとキャビアがのっています。

「やった！　こっちのがおいしそう。」

給仕《きゅうじ》のつめたい視線《しせん》もものともせず、黒《くろ》ばらさんは、まずひと口カプリ。それから、ケケーロにあげました。

「クエ！　ウメー！」

しかし、このやりとりの何十秒《なんびょう》かで、ふたたび目をやったときには、さっきの魔《ま》女《じょ》はすでに、ゆりかごにいきつくところでした。

魔女のすがたを見て、玉座《ぎょくざ》にすわった夫婦《ふうふ》がかるい叫《さけ》び声《ごえ》をあげたのが、わかりました。

ゆりかごのそばにいた侍女《じじょ》に扮《ふん》した女性《じょせい》たちも、いっせいに口に手を当てて、おどろきをかくせないようすです。周囲《しゅうい》には、さっきの乗り物の持《も》ち主《ぬし》らしい人たちが、何人《なんにん》かたむろしていたのですが、予期《よき》せぬ人物《じんぶつ》の出現《しゅつげん》にかなりあわてたよう

すでした。

とんがり帽子《ぼうし》の魔女《まじょ》は肩《かた》をそびやかし、にやりと笑《わら》って、ゆりかごの上にかがみこみます。帽子の下から、赤茶色のざんばら髪《がみ》がパサリと落《お》ちて、ゆりかごにとどきそうになりました。

そうやって正面《しょうめん》から見ると、やはり、黒《くろ》ばらさんの知《し》り合《あ》いの魔女ジャマーラよりは、はるかに若《わか》いようでした。

（え、でも、なんか知らないけど、ちょっとヤバそうな雰囲気《ふんいき》……。）

ともかくいそがなければ取《と》り返《かえ》しのつかない事態《じたい》になりそうな予感《よかん》がして、黒ばらさんは走りました、走りました。人とぶつかり、つきとばし、そのたび

に「ごめんなさいよ。」「失礼《しつれい》！」と叫《さけ》びながら……。

「ど、どーしたっていうんですケー！」

ケケーロが、黒《くろ》ばらさんのマントのはじにしがみつきながらいいました。

「ふりおとされないように、しっかりつかまっててね。」

とんがり帽子《ぼうし》まであと数歩《すうほ》というところまできたとき、黒ばらさんの耳に、はっきりきこえてきました。

「王女《おうじょ》さまの誕生《たんじょう》、おめでとう！招《まね》いてくださらなくてありがとう！お礼《れい》に、あたしからもギフトを授《さず》けさせていただくわ。」

そこで、魔女《まじょ》は顔をあげ、広間《ひろま》の全《ぜん》

員《いん》にきこえるかと思うほどの大音声《だいおんじょう》でいったのです。

「この子は、十五歳《さい》の春にツムにさされて死《し》ぬ！」

それだけいうと、魔女《まじょ》は、広間《ひろま》じゅうの人が魔法《まほう》にかかったようにかたまって身《み》動《うご》きもできずにいるなかを、高笑《たかわら》いしながらゆうゆうとひきあげていきました。

玉座《ぎょくざ》のうしろにひかえていた衛兵《えいへい》が、あわててあとを追《お》おうとしましたが、主人《しゅじん》は片手《かたて》で制《せい》しました。

「追ってもむだだ。もう取《と》り返《かえ》しはつかぬ。」

さっきまでのお祝《いわ》いムードはどこへやら、たちまち、広間《ひろま》は重たい静寂《せいじゃく》につつまれました。

（なにがなんだかわかんなーい!?　ひょっとして、これはみんなお芝居《しばい》かなにか？）

黒《くろ》ばらさんは、すっかり混乱《こんらん》してしまいました。

と、とつぜん、玉座《ぎょくざ》の婦人《ふじん》が、しぼりだすような泣《な》き声《ごえ》をあげて、ゆりかごの上に身《み》をなげだしました。

それを合図《あいず》に、広間《ひろま》じゅうの人たちがてんでにすさまじい泣き声をあげはじめました。ゆりかごのまわりにいた魔法使《まほうつか》いや魔女《まじょ》たちも同様《どうよう》でした。

お芝居《しばい》だとしたら、あまりにも迫真《はくしん》の演技《えんぎ》です。

しかし、ほうきに乗《の》ってとんでいるところをこの目で見てしまった以上《いじょう》、さっきの魔女《まじょ》が本物《ほんもの》だということは疑《うたが》いもない事実《じじつ》ですから、ほうっておいたらたいへんなことになります。なぜなら、魔女の呪《のろ》いの言葉《ことば》は、多かれすくなかれ、かならず効《き》き目《め》があるからです。

「どうしましょ。魔女の呪いの言葉はとりけせない！」

「あたしたちゃ、もうみんな、まじないの言葉をいってしまったもの。」

「そうそう。ありとあらゆる幸《しあわ》せのたねを、姫《ひめ》に授《さず》けてしまったもの。」

「最後《さいご》の最後に、あいつがやってくるとは……。もうとりけせない。おしまいだ！」

「なんたる悲劇《ひげき》！」

「おかわいそうなお姫《ひめ》さま！」

ゆりかごの中では、なにも知らないまま、桃色《ももいろ》のほっぺたをした愛《あい》くるしい赤ちゃんが、にこにこ笑《わら》っていました。

黒《くろ》ばらさんは、思わず叫《さけ》んでいました。

「あたしも魔法使《まほうつか》いのはしくれです。でもまだ、ギフトを授《さず》けてはいないわ。」

自分でも思いがけないほど、その声はひびきわたりました。

広間《ひろま》は、ふたたび、シンとしずまりかえりました。

期待《きたい》と不安《ふあん》のいりまじった顔、顔、顔が、黒ばらさんのつぎの言葉《ことば》を待《ま》ちうけます。

「どうかご安心《あんしん》を！　この子は死《し》なない。ツムにさされるのは、ほんの指先《ゆびさき》だけ。守護天使《しゅごてんし》にまもられて、すくすくとおそだちになるでしょう。」

ひざの間に顔をうずめていた主人《しゅじん》が、顔をあげました。

「そなたは？　見なれぬ顔だが……。」

「二級魔法使《きゅうまほうつか》い黒《くろ》ばらともうします。今夜《こんや》ここへたどりついたのもなにかのご縁《えん》でしょう。非力《ひりき》ながら、いまの言葉《ことば》をお姫《ひめ》さまへのお誕生祝《たんじょういわ》いとさせていただきます。」

（そう、ほんとに非力なのよ……。もともと変身術《へんしんじゅつ》と飛行術《ひこうじゅつ》しかできないところへもってきて、ここのところ、それすらくるっちゃってるんだから。だから、本物《ほんもの》の魔女《まじょ》がかけた呪《のろ》いをまっさらにするなんて、できっこない。でも、いきがかり上、ほっとくわけにはいかないし……。せめて、希望《きぼう》だけはうしなってほしくないから、お祝《いわ》いの言葉にかえさせていただくわ。）

まだ目も見えていないようすの赤ちゃんの無邪気《むじゃき》な笑顔《えがお》を見つめながら、黒《くろ》ばらさんは心から祈《いの》りました。

ようやく、広間《ひろま》の人たちに生気《せいき》がもどりました。

黒《くろ》ばらさんは、お礼《れい》と賞賛《しょうさん》の声にとりかこまれました。

飲《の》み物《もの》や食《た》べ物《もの》も心ゆくまであじわい、まずはホッとしました。

さて、お芝居《しばい》だとしたら、このあたりで幕切《まくぎ》れとなるはずです。

しかし、いつまでたってもお芝居の幕がひかれるようすはありませんでした。

さすがの黒《くろ》ばらさんも、自分がなぜか、そしていつのまにか、異世界《いせかい》にまぎれこんでしまったことをみとめざるをえませんでした。

ひそかにかぞえてみると、魔女《まじょ》たちは十二人いました。つまり、あの魔女はやはり十三番目《ばんめ》の魔女だったのです。

ちょうどそのとき、白髪《はくはつ》、エプロンすがたの魔女が、グラスを手にほろ酔《よ》いきげんで寄《よ》ってきたので、きいてみました。

「さっきの魔女《まじょ》は、どこに住《す》んでいるのかごぞんじかしら?」

「ジャマーラかね。森《もり》の南のはずれの水車小屋《すいしゃごや》にいたけどね。フガ。こんなことをしでかしたんじゃ、もうあそこにはいられないフガ。」

エプロン魔女は、前歯《まえば》のぬけた口で、フガフガといいました。

「ふーん。やっぱり、あれは、ジャマーラだったんだ。」

「ひがみっぽくていけないフガ。あの人も。」

白髪《はくはつ》の魔女《まじょ》は、口《くち》をへの字にまげていいました。

「自分のところに招待状《しょうたいじょう》がとどかないのを根《ね》にもってね、うらんでやる、じゃましてやるって、いってまわっていたんだフガ。まさか、フガ、こんなことだとはね。」

「そうなの。」

「おまえさんがきてくれなけりゃ、おかわいそうに、フガ、姫《ひめ》さまは……。」

「あたしだって、招待状《しょうたいじょう》なんかもらってないけど、すんなりいれてくれたわよ。」

「そうだろうフガ？　ここの領主《りょうしゅ》は、あたしたちの仲間《なかま》にも評判《ひょうばん》いいいんだよ。ジャマーラが勝手《かって》にさかうらみしてるんだよ。フガ。あれ以来《いらい》ね。」

「あれ以来？」

「自分《じぶん》の赤《あか》ん坊《ぼう》をなくして以来さ。フガ。」

「へーえ、子どもがいたの、あの人！」

「まあねフガガ。かわいい女の子だったよ。父親《ちちおや》はだれだか知らないけどさ、フガ。それが突如《とつじょ》、神隠《かみかく》しにあったように消《き》えうせちまってさ。それ以来フガ、あいつは人がかわっちまってね。いまじゃ、だれもこわがって近づかないフガ。」

「それで、あんな呪《のろ》いをかけたのね。」

「おまえさん、ここいらの魔女《まじょ》のうわさ話がききたけりゃ、フガガ、今夜《こんや》、うちへきていっしょに飲《の》むかい？　なんだったら、ひと晩寝《ばんね》ないで、フガフガ、話、きかせてやるよ。ちょうど、トリカブトの酒《さけ》もいい具合《ぐあい》にできてるころだしフガ。」

トリカブトの酒は苦手《にがて》です。トリカブトの酒は苦手です。へたしたら毒《どく》にあたってイチコロです。

でも……うわさ話？　ぐっとそそられます。

「ひょっとして、ハロケン山の上にあった魔法《まほう》学校のこと、なにかきいてないかしら？」

「ハロケン山？　フガ？　魔法学校？　知らねフガ。」

白髪《はくはつ》の魔女《まじょ》は、そっけなくいいました。

「じゃ、じゃあ、もしかして、日本からきたひでくんっていう男の子のこと……。」

といいかけて、やめました。

魔女《まじょ》の顔を見ただけで、きくだけむだだとわかったのです。

「知るわけないわよね。それじゃあ、あたし、今夜《こんや》はどっちかといえば、ちゃんとベッドで眠《ねむ》りたい気分《きぶん》なの。またこんどおじゃまさせていただくわ。」

「フガ！　ちゃんとベッドで眠りたい気分なの、ときたもんだフガ。気《き》どるんじゃないフガ。」

白髪《はくはつ》のエプロン魔女《まじょ》は、ぷりぷりして、いってしまいました。

「あーあ、怒《おこ》らせちゃった。そろそろおいとまするとしようか。」

「え？　もう帰るんですケー？　せっかくおいしいごちそうにありついたってーのに。」

「でも、ジャマーラのところへいってみなくちゃ！」

ききただしたいことは山ほどありました。

「いまごろ、どっかへトンズラですケー、もうちょっと楽《たの》しみましょうよ。ネエ、センセー。」

しぶるケケーロをなだめながら、出口へむかおうとしたときでした。

4 妖精《ようせい》の一団《いちだん》

陽気《ようき》な楽《がく》の音《ね》とともに、入り口から、またあらたな客《きゃく》の一団《いちだん》がはいってきました。

三十人ちかくもいたでしょうか。全員《ぜんいん》が森《もり》の精霊《せいれい》や動物の仮面《かめん》をつけ、そのうちの何人かは、きみょうなかたちの笛《ふえ》や太鼓《たいこ》、ハープやシンバル、タンバリンなどの楽器《がっき》をかなでていました。

ある者《もの》はとびはねるように歩き、ある者は、のっそりのっそりと、忍《しの》び足《あし》で歩いてきます。ピエロのような服装《ふくそう》は、よくもまあ、これだけバラバラにそろえたものだと思うほどでした。仮面《かめん》にかくれているので、性別《せいべつ》や年齢《ねんれい》はわかりません。

しかし、彼《かれ》らの、仮面や衣装《いしょう》につつまれていない部分《ぶぶん》をちらりと見て、黒《くろ》ばらさんは、ぎょっとしました。

帽子《ぼうし》や仮面《かめん》をもってしてもかくしきれない、とがった長い耳をしている者《もの》がいるかと思えば、指先《ゆびさき》に水かきのついている者もいます。体にくらべて極端《きょくたん》に大きな靴《くつ》をはいている者がいるかと思えば、はだしの者もいます。その足の先は二股《ふたまた》に分《わ》かれていて、ひづめとしか思えないつめがのびていました。床《ゆか》までとどくほどのしっぽを、かくしようもなくぶらさげている者さえいました。

（こ、これは、妖精《ようせい》たちだ！　だから、みんな仮面《かめん》をつけているんだわ。しかも、こんなにいろいろな種族《しゅぞく》がいりまじっていっしょに行動《こうどう》するなんて、めずらしいこと！）

そう。黒《くろ》ばらさんも魔法使《まほうつか》いのはしくれ。妖精については、魔法学校でひととおりのことを学《まな》んでいます。もちろん、こんなにおおぜいの妖精たちを目の当《ま》《あ》たりにするのははじめてでしたが……。

妖精族《ようせいぞく》は、ふつう、おなじ種族《しゅぞく》どうしでないといっしょに行動《こうどう》しません。人間にすがたを見られるのもきらいます。というより、よほどの例外《れいがい》をのぞいて、彼《かれ》らは人間そのものがきらいです。

こんなふうにして、姫《ひめ》さまの誕生祝《たんじょういわ》いにきたのだとすれば、ここの領主《りょうしゅ》は、よほど妖精《ようせい》たちとうまく折《お》り合《あ》いをつけてやっているのでしょう。

広間《ひろま》の人たちのあいだにも、さざ波《なみ》のようにささやきがひろがっていきました。

「妖精だ……。」

「妖精たちがお祝《いわ》いにやってきたぞ。」

人びとは、妖精たちが玉座《ぎょくざ》の前にすすみでるために、道をあけました。

妖精《ようせい》たちは、ゆりかごをとりかこんでうたいはじめました。

めでた　めでたや　めでたやな
お姫《ひめ》さまが　お生まれだ
おすこやかに　すこやかに
森《もり》にはいれば　森の精《せい》
甘《あま》い木《こ》の実《み》を　あげましょう
水にはいれば　水の精
泥水《どろみず》　清水《しみず》にかえましょう
地の中いくなら　土の精
土《つち》くれ　金《きん》にかえましょう

空をいくなら　風の精《せい》
嵐《あらし》の行方《ゆくえ》　かえましょう
もしも　姫《ひめ》がのぞむなら
いつでも　あげましょ　金の鍵《かぎ》
妖精《ようせい》の国への　金の鍵
永久《とわ》の国への　金の鍵
だから　姫よ　うるわしの姫
なげきなさるな　この世の生を
まばたきほどの　この世の生を

一度《いちど》は落《お》ちこんだこの場《ば》の雰囲気《ふんいき》をふたたびもりあげるのには、うってつけの場《ば》面転換《めんてんかん》でした。

音楽《おんがく》はアップテンポに変調《へんちょう》し、たちまち、広間《ひろま》は陽気《ようき》な舞踏会《ぶとうかい》の場にかわりました。

妖精《ようせい》たちが楽器《がっき》をかきならしながら、人びとのあいだを踊《おど》りまわると、だれもがつられたようにいっしょになって踊りまわりました。

妖精《ようせい》のダンスのうまさには、定評《ていひょう》があります。もっとも、黒《くろ》ばらさんは、いちどもいっしょに踊《おど》ったことはありませんが……。

領主《りょうしゅ》やその夫人《ふじん》までもが踊りはじめました。

「さあ、あたしたちはいよいよ失礼《しつれい》しようかしらね。」

ケケーロがまた、ブータラもんくをいいださないうちに、さっさと退散《たいさん》しなくては……。

広間《ひろま》をぬけだそうとした黒《くろ》ばらさんの手《て》を、ひとりの妖精《ようせい》がとって、踊《おど》りにさそいました。

「あーら！　あたしが、妖精にさそわれるなんて……。」

まんざらでもありません。

帰りかけていたのもころっとわすれて、黒ばらさんはよろこんで、妖精に手をあずけました。

その妖精《ようせい》は、ぶかぶかのピエロの服《ふく》をまとい、森《もり》の精霊《せいれい》のお面《めん》をつけ、緑色《みどりいろ》の帽子《ぼうし》をかぶっていましたが、長い耳もしっぽもなく、見たところは人間とかわりはないようでした。もっとも、仮面《かめん》をとった日にゃ、口裂《くちさ》け女があらわれるのか、毛《け》むくじゃら男があらわれるのか、わかったもんじゃありませんが……。

さすがに妖精《ようせい》の舞《まい》の足さばきはみごとでした。

黒《くろ》ばらさんは、妖精に手をとられたまま、くるりくるりとこまのようにまわっていましたが、とつぜん、ぎくりと足首に痛《いた》みを感じました。何日かまえ、ころんでくじいたところです。

「あいた！　おっとっと！」

ぶざまにしりもちをつきそうになった黒ばらさんを、その妖精は笑《わら》いながらだきとめました。

笑い声をきいてはじめて、この妖精《ようせい》が若《わか》い男だとわかりました。

「クエー！　センセー、カッコわる！　もちょっと、カッコよく踊《おど》れないクエー？」

さも軽蔑《けいべつ》したようなケケーロの声が、耳もとでしました。

妖精《ようせい》がふたたび手をさしのべてくれたので、ケケーロの野次《やじ》にもめげず、黒《くろ》ばらさんはすばやくたちなおりました。

かっこわるくたって、かまやしないわ。楽《たの》しまなきゃ！

そう思って、妖精に手をあずけたときです。

いきなり、つむじ風のようにふたりの間にわりこんできた者《もの》がいました。

きらきらのピンクのうろこでおおわれたピエロの服《ふく》を着《き》た妖精《ようせい》でした。ビスクドールのような仮面《かめん》の両眼《りょうめ》の部分《ぶぶん》だけが洞穴《ほらあな》みたいにぽっかりと黒《くろ》い口をあけています。

ピンクの妖精は、こまのようにくるくるまわりながら、緑の帽子《ぼうし》の妖精の手をとると、そのままさらっていきました。

去《さ》りぎわ、仮面《かめん》の奥《おく》から、きっ、と黒《くろ》ばらさんのほうをにらみ、それから、つんとあごをあげて、そっぽをむきました。緑の帽子の妖精も抵抗《ていこう》するでもなく、踊《おど》りながらいっしょに遠ざかっていきました。

(ふーん。あのふたりは夫婦《ふうふ》か恋人《こいびと》どうしだったのかもしれないわね。妖精《ようせい》たちも、けっこう嫉妬《しっと》ぶかいというから……。)

「さ、そろそろひきあげる潮時《しおどき》だわね。」

黒《くろ》ばらさんは、ケケーロを肩《かた》にのせたまま、クロークにむかいました。

クロークでは、あずけたスコップがなかなか見つかりません。

「やっぱりあずけるんじゃなかったわよ。」

黒ばらさんは、クローク係《がかり》なんかそっちのけで、あせりまくって、魔女《まじょ》たちの乗り物をひっかきまわしました。

ホールを一陣《いちじん》の風がふきぬけたような気がして、ふりかえると、妖精《ようせい》の一団《いちだん》がひきあげていくところでした。

「まあ、つむじ風のように帰ってしまうのね。」

ようやくスコップをとりかえして、黒《くろ》ばらさんが城《しろ》の外へ出てみると、妖精たちはてんでに仮面《かめん》をぬぎすてながら、四方八方《しほうはっぽう》へ散《ち》っていくところでした。

素顔《すがお》をたしかめるひまもありません。なぜなら、彼《かれ》らは、あっというまに、たいまつの光のとどかない暗闇《くらやみ》にすがたを消《け》してしまったからです。

文字《もじ》どおり、闇の中にとけるように消《き》えてしまいました。

ぬぎすてられた仮面《かめん》は、黒《くろ》ばらさんの目の前で、見る見る、木《こ》の葉《は》にかわっていきました。

「アレ〜！　クエ〜！　ただの葉っぱクエ〜！」

黒《くろ》ばらさんの胸《むね》にしがみついていたケケーロも、しっかり見とどけたのでしょう。おどろきの声をあげました。

あたりを見まわしても、すでにひとりの妖精《ようせい》の気配《けはい》すら感じられませんでした。

地面《じめん》に散《ち》りしかれた落ち葉さえなかったら、たったいままで妖精たちがこの場にいたことさえ信《しん》じられなかったでしょう。

5 ジャマーラの水車《すいしゃ》小屋《ごや》

森《もり》のはずれ。

ジャマーラの水車小屋《すいしゃごや》は、魔女《まじょ》の住《す》みかとも思えないほどすがすがしい眺《なが》めの、なかなか美しい場所にありました。

わきを流れる小川の水は、純白《じゅんぱく》のレースのように岩の間をほとばしっています。そまつな石造《いしづく》りの小屋の中では、大きな石うすがにぶい音をたてながら、ゆっくりまわって粉《こな》をひいていました。

入り口をはいってすぐの壁《かべ》には、ザワブルン城《じょう》の中でもジャマーラがけっして手ばなさなかったほうきが無造作《むぞうさ》に立てかけてあり、その上には、黒《くろ》いマントとどんがり帽子《ぼうし》がかけてありました。

黒《くろ》ばらさんは、乗ってきたスコップをほうきのとなりに立てかけて、中へふみこみました。

思ったよりもあたたかい部屋《へや》でした。

それもそのはず、せまい部屋の壁《かべ》ぎわには、天井《てんじょう》までとどくほど丈高《たけたか》い陶製《とうせい》のストーブがおいてあるのです。この小屋《こや》にはまったくふつりあいなばらもようの装《そう》飾《しょく》をほどこしたストーブです。

魔女《まじょ》のジャマーラは、とっくにどこかへ逃亡《とうぼう》したかと思いきや、すました顔で糸《いと》つむぎの前にすわっていました。ぱらぱらと鼻《はな》からほおに散《ち》らばっているそばかすは、たしかに黒《くろ》ばらさんの知っているジャマーラのものでした。

「ははん。それが、お姫《ひめ》さまの指《ゆび》をさすツムってわけね。おじゃまするわよ。」

黒ばらさんがはいっていくと、

「だれだい？」

いとも無愛想《ぶあいそう》な声が返ってきました。

「わからないかしら。あたしよ。二級魔法使《きゅうまほうつか》いの黒《くろ》ばらよ。」

「わからないね。」

ジャマーラは、そっぽをむきました。

そういえば、黒《くろ》ばらさんとジャマーラの最初《さいしょ》の出会《であ》いは、たしか三十年ほどまえ、ベルリンでひらかれた「地球の土と緑《みどり》をすくう委員会《いいんかい》」での席上《せきじょう》です。いまがそれよりむかしだとすれば、ジャマーラが知らないのも無理《むり》はありません。

「ま、いいわ。あたしのほうはあなたを知ってるのよ。ザワブルン城《じょう》のお姫《ひめ》さまには、あなたのあと、あたしがギフトを授《さず》けといたわ。あんなかわいい罪《つみ》もないお姫さまを、殺《ころ》してしまうのはあまりにも酷《こく》よ。」

すると、ジャマーラは眉《まゆ》をつりあげました。

「よけいなことをするんじゃないよ。たかが二級魔法使《きゅうまほうつか》いのくせに。」

「グサ！　わるかったわね。二級魔法使いで。」

たった二つの魔術《まじゅつ》、変身術《へんしんじゅつ》と飛行術《ひこうじゅつ》すら心もとない黒《くろ》ばらさんとしては、痛《いた》いところをつかれました。

「あんたがギフトを授《さず》けたくらいで、あたしの呪《のろ》いが消《き》えるもんかね。」

「う、うらやましいわね。その自信《じしん》。」

「ふん！　あたしを本気《ほんき》で怒《おこ》らしちゃったら、領主《りょうしゅ》でさえ、おびえるんだから。」

「たしかに。あの領主、かなりビビッてたわね。いったい、なにがあったの？」

単刀直入《たんとうちょくにゅう》にきりだすと、ジャマーラはじろりと黒《くろ》ばらさんを見あげ、瞳《ひとみ》をとらえたまま、その奥底《おくそこ》をさぐるように見つめていました。

黒ばらさんも、目をそらしませんでした。

ふたりが見つめあったまま、身《み》じろぎもしないでいると、黒ばらさんの耳もとで、ケケーロが「ゴクリ！」と息《いき》をのんだ気配《けはい》がわかりました。ええ、ヤモリになったって、ミミズになったって、息をのむときゃのむんです。

ふたりは、声にださずに会話《かいわ》をしました。

（あたしにも娘《むすめ》がいたんだよ。片言《かたこと》を話すか話さないかのかわいいさかりに、だれかにさらわれちまったけどね。）

（きいたわ。とってもかわいい娘さんだったって……。もしかして、父親《ちちおや》があの領《りょう》主《しゅ》だったとか……？）

（ふん。さすがに勘《かん》がいいじゃないの。図星《ずぼし》よ。）

（どうして、あの領主をそんなにうらんでいるの？）

（娘をさらったのは、あの領主だからさ。）

「ええーっ？　なんでまた。」

ここで黒《くろ》ばらさんは、思わず大声をあげました。

（まあ、あたしとの関係《かんけい》は公《おおやけ》になっていなかったからね。娘《むすめ》の出生《しゅっしょう》だって、秘密《ひみつ》にされたままだった。あのころは、魔女《まじょ》にたいするバッシングがひどかったからねえ。魔女とのあいだに娘がいるなんてわかったら、民《たみ》のてまえ、かっこわるかったんでしょ。そんな理由《りゆう》で、あたしの娘はみごとに闇《やみ》から闇に葬《ほうむ》られちまったのよ。）

（それはひどい。）

（でしょ？　あたしゃ、娘《むすめ》とふたりでひっそりと生きていければいいと思っていたのに、まあ、あちらとしては、それをたねになにかと要求《ようきゅう》をしてきて、しまいには領土《りょうど》を支配《しはい》するようにでもなったらこまるとでも思ったんでしょ。その証拠《しょうこ》に、以来《いらい》、娘のことは知らぬぞんぜぬの一点《いってん》ばりだもの。）

（なーるほど。以来、あなたが復讐《ふくしゅう》の鬼《おに》と化《か》したわけね。わかるわ、その気持ち。）

魔法《まほう》や魔術《まじゅつ》をあつかうものが、自分の無力《むりょく》をさとるときほどつらいものはありません。最愛《さいあい》の人をうしなったときならなおさらでしょう。

（でも、やっぱり、なにも罪《つみ》のないお姫《ひめ》さまに復讐《ふくしゅう》するなんて、おかどちがいだわ。）

すると、ジャマーラは立ちあがり、声にだしていいました。

「ふん！　おまえさん、見たところ、きらくな独《ひと》り者《もの》じゃないの。子どもをうしなう母親《ははおや》の気持ちなんてわかってたまるもんですか。」

「あら。あたしって、きらくな独り者に見えるの？　うれしいわ。」

「そうじゃないの？」

「あなたも魔女《まじょ》のハシクレなら、うわべだけで人を見ちゃあ、だめだーめ！」

黒《くろ》ばらさんは、人《ひと》さし指《ゆび》をジャマーラの顔の前で左右に振《ふ》ってやりました。

するとジャマーラはまた、黒ばらさんの瞳《ひとみ》をじいっとのぞきこんでいたかと思うと、ややあって、いいました。

「へえ。あんたにも娘《むすめ》さんがいたんだねえ。」

「さすが。」

黒《くろ》ばらさんにだって、思いだしたくない過去《かこ》のひとつや二つはあるのです。

でも、こんなところで、ジャマーラに古傷《ふるきず》をひっかきまわされるのは、まっぴらごめん。いそいで古傷にぶあついかさぶたをはりつけました。

「なるほど。その話はしたくないようだから、きくのはやめるわ。……おまえさん、いったい、なにしにこんなところへきたのさ。」

気のせいか、ジャマーラの表《ひょう》情《じょう》がやさしくなりました。

「じつは、こうこう、こういうわけで、日本からきたひでくんという青年《せいねん》をさがしてるのよ。ハロケン山のてっぺんの魔法《まほう》学校にいってみりゃ廃墟《はいきょ》になってるし、なにがなんだかわかりゃしない。おまけにあたしの変身術《へんしんじゅつ》も、ちっともいうことかないしさ。こいつだって、もとはからすだったのが……。」

「いまじゃしがないヤモリでクエー！」

ケケーロがあとをひきとっていいました。

「ふん！　変身術がうまくいかないのは、呪文《じゅもん》でもまちがえてるんじゃないのかい？」

「そうかなあ。」

黒《くろ》ばらさんは、自信《じしん》なげにいいました。

「そうさ。魔法《まほう》だって、使いすぎればすりへるよ。すりへれば、どっか、句読点《くとうてん》が一か所ぐらい消《き》えちまったりするだろうが。」

「ふーん。たしかに、使いすぎてたわね。」

黒《くろ》ばらさんは、怒濤《どとう》のようないきおいで通りすぎていった日々のことを思っていいました。

「それにさ、ハロケン山のてっぺんの魔法《まほう》学校って、なによ。あそこには、ローマ時代《じだい》の遺跡《いせき》があるだけじゃないの。」

「へ？」

黒ばらさんは、きょとん！

「ま、あそこに魔法学校をつくるという話はもちあがっているらしいけどね。」

そういえば、あの魔法学校ができてから、まだ三百年とはたっていないのです。

（ということは、あのときすでに、あたしたちは、異世界《いせかい》に、それもどうやら遠いむかしにはいりこんでいたのかも……。）

「まあ、お茶《ちゃ》でも一杯《ぱい》飲《の》んでいったらどうよ？」

ジャマーラは腰《こし》をあげると、自分のおしりの下にしいてあったうすっぺらいクッションを投げてよこしました。そして、木靴《きぐつ》の音をガタンゴトンさせながら、台所《だいどころ》に立っていきました。

「ありがとう。」

黒《くろ》ばらさんは、すなおに好意《こうい》を受《う》けて、ジャマーラのおしりであたたまったクッションを木のベンチにのせると、その上に腰《こし》をおろしました。

糸《いと》つむぎのとがったツムの先っぽが、ちょうど黒ばらさんの目の先にありました。

（ああ、このツムの先っぽが、あのお姫《ひめ》さまの指《ゆび》をさす……。）

そう思った瞬間《しゅんかん》、黒《くろ》ばらさんにある考えがひらめきました。ツムをなにかやわらかいもの……そう、見た目はそれとわからないけれど、やわらかな少女の指に当たってもけっしてさしてしまわないようななにかにかえようと思ったのです。

とっさに思いついたのは、ゴムでした。ゴムなら、さしてもぺこりとへこむだけ……。

よし。うまくいくかどうか自信《じしん》はありませんが、だめでもともとです。

黒《くろ》ばらさんはふりむき、ジャマーラがまだ台所《だいどころ》で、ガタゴトやっているのを見てとると、目をつぶり、静《しず》かに呪文《じゅもん》をとなえはじめました。

となえおわって目をあけると、糸《いと》つむぎ全体が黒いコウモリ傘《がさ》に変身《へんしん》していました。

(アチャー！　こまった！　いそいでもとにもどさなくちゃ。)

靴音《くつおと》もたかく、ジャマーラがやってきます。

手には大きな木のひしゃくと、やはり木のおわんを持っています。

「カモミール茶《ちゃ》。よもぎ茶。ぎんばいか茶。ヘンルーダ茶。どれがいい？」

ジャマーラは、まだ糸つむぎには気がついていません。

「カ、カモミール。」

黒《くろ》ばらさんは上《うわ》の空《そら》でいいました。

「ようし。」

ジャマーラが、からっぽのひしゃくをかたむけると、湯気《ゆげ》をあげながらうすいベージュ色の液体《えきたい》がからっぽのおわんにそそがれていきます。カモミールのかおりがあたりにただよいました。

「そら。」

おわんをドンとテーブルにおくと、またジャマーラは台所《だいどころ》にひっこみました。

いまだ！　黒《くろ》ばらさんは、もういちどコウモリ傘《がさ》にむかいました。

（こんどはどうだ？）

呪文《じゅもん》をとなえおわって、目をあけると……やった！

糸《いと》つむぎは、みごとにもとにもどりました。

しかし、よくよく見れば、ツムの先っぽだけは、コウモリ傘の先っぽのままでした。

（ま、いいか。ジャマーラが気がつくのは時間の問題《もんだい》だろうけど……。）

黒《くろ》ばらさんは、おおいそぎで、おわんににじりより、さっきからずうっと飲《の》んでいたふりをしました。

さっそく、ケケーロが肩《かた》からおりて、おわんにはいのぼってきます。

ケケーロがぺろりとひと口、黒ばらさんがズズッとひと口、いっしょに飲んでいるうちに、気分《きぶん》もだいぶやわらいできました。

「ああ、おいしい。それにしてもずいぶんりっぱなストーブね。」

「ああ、あれは領主《りょうしゅ》が持ちこんだものだからね。たまにお忍《しの》びできていたころにね。あの人は人一倍寒《ひといちばいさむ》がりだったから。」

ジャマーラは、こともなげにいいました。

「なるほど。」

「ありがたく使わせてもらってるわよ。」

「あたりまえよ、そのくらい。ああ、あったかい。ちょっとマントをぬがせてもらうわ。」

黒《くろ》ばらさんは、ずうっとはおったままだった長いマントのえりもとをはずしました。

まるめてそばにおこうとしたとき、ふと、なにかかたいものが手に触《ふ》れました。

(あれ？　あたし、マントの内ポケットになにかいれてたんだっけ。)

ひっくりかえしてマントの内ポケットをさぐってみると、出てきたのは、銀色《ぎんいろ》に光る平《ひら》たいすべすべしたコンパクトのようなもの……。

ぎくり！

黒《くろ》ばらさんの心臓《しんぞう》は、音をたてて鳴《な》りだしました。

まさか。まさか。まさか。

横《よこ》についている小さな止《と》め金《がね》につめをかけて力をいれてみると、蝶《ちょう》が羽《はね》をひろげるように、二枚《まい》の板《いた》に分《わ》かれました。

一方のふたのうらは、鏡《かがみ》でした。

そしてもう一方のふたのうらには、黒いばらの絵がかかれていました。

「うそーっ!?」

黒《くろ》ばらさんは、思わずすっとんきょうな声をあげて立ちあがっていました。そのひょうしにカモミールティーはみごとにこぼれ、

「クエー、アチー！」

と、ケケーロがとびはなれました。

「なんだっていうのさ。小娘《こむすめ》みたいな声あげて。」

ジャマーラが、またガタゴト、木靴《きぐつ》の音をさせながら近よってきます。

「だって、だって、この鏡《かがみ》、あたしがひでくんにあげたものなのよ。」

そう。これは、黒《くろ》ばらさんのうぬぼれ鏡。ひでくんが旅《たび》だつまえにお餞別《せんべつ》としてあげたものでした。

「いつ、こんなものがあたしのマントの内ポケットにはいったのよ。」

考えられるのは、ただひとつ。

「あの妖精《ようせい》だ！」

緑《みどり》の帽子《ぼうし》の妖精が、笑《わら》いながら黒《くろ》ばらさんをだきとめたとき。あのとき以外《いがい》考えられません。

「なんてこった！　あたしは、ひでくんと踊《おど》ったのよ。それなのに気がつかなかったとは……。ククク！　なんたるまぬけ！　なんたるアホ！」

「アホ！　アホ！　まぬけ！」

ケケーロがここぞとばかり、くりかえします。

「うるさい！」

黒《くろ》ばらさんがどなりつけると、ケケーロは、ヒエッと叫《さけ》んでとびはなれ、いきおいあまって、お茶《ちゃ》の中にとびこんでしまいました。

「ウエー！　キエー！　アチー！」

あたふたしているケケーロにはかまわず、黒ばらさんは自分の顔をのぞきこみました。

「そうよ。そうよ。これ、うぬぼれ鏡《かがみ》なのよ。ほら、見て、見て！　年《とし》より若《わか》くうつって見えるんだから。」

ジャーン！　鏡の中でほほえんでいるのは、どう見ても二十代《だい》の娘《むすめ》っこ。

「キャピ、キャピ、キャピ。あたしにもこんなかわいいころがあったんじゃん。」

ジャマーラが鏡をひったくりました。のぞきこんで、

「へーえ。あたしって、若いころは、なかなかチャーミングだったんだ。領《りょう》主《しゅ》がほれるのも無理《むり》なかったわね。」

いつまでも鏡《かがみ》をはなそうとしません。

「でも、あの妖精《ようせい》がひでくんだったとしたら、どうして、あのとき名のってくれなかったのかしら。」

「ふうむ。」

ジャマーラも、首をひねりました。

「そのひでくんとやらは名のりでられなかったんじゃないのかい？」

「なんで？　なんで？　なんで？」

「あたしゃ知らないよ。妖精《ようせい》のことは妖精にきくっきゃないね。あんた、だれか妖精の知《し》り合《あ》いがいないのかね。」

「そりゃ、いなくもないけど……。」

黒《くろ》ばらさんの頭にうかんだのは、オーストリアのヒースの丘《おか》に住《す》むノームのおやじさんです。

「まだ、あのヒースの丘に住んでいるかしら。」

6 ヒースの丘《おか》のノーム

このまえ、黒《くろ》ばらさんがおとずれたのは、ノームの七番目《ばんめ》に生まれた赤《あか》ん坊《ぼう》の名《な》付《づ》け親《おや》になったときです。そのときは、ノームの住《す》みかの手前には、三本のカンボランダの木が、手をつないだようにならんではえていました。

このカンボランダの木こそ、環境問題《かんきょうもんだい》にめざめたジャマーラが開発《かいはつ》した、新種《しんしゅ》の植物《しょくぶつ》だったのです。

「さーて、あの三本のカンボランダの木、いまはどうなってるかしらん。」

黒《くろ》ばらさんは、きょろきょろとあたりを見まわしながら、ヒースの丘《おか》をゆっくりとスコップに乗ってとんでいきました。

遅咲《おそざ》きのヒースの花が紫《むらさき》地色《じいろ》のじゅうたんのように、どこまでもひろがっています。

するとと行く手に、通せんぼをするように、丈《たけ》の高い木々《きぎ》が見えてきました。

「ん？」

近づいてみると、木々はたがいに枝《えだ》と枝をつなぎあって、ぐるりと輪《わ》になってい

ます。こんもりと葉をしげらせているようすは、上空《じょうくう》から見ると、緑《みどり》の傘《かさ》が円を

えがいてならんでいるようでした。

「ありゃりゃん？　カンボランダがあんなにふえたのかしら。」

近づいてみると、たしかにつるになってのびている枝先《えださき》といい、ハート形《がた》の葉《は》っ

ぱといい、カンボランダにちがいありません。

「三本のカンボランダがこんなにふえたのだとすれば、ここではすくなくとも時間

は逆行《ぎゃっこう》したりしてないのね。」

黒《くろ》ばらさんは、ちょっと安心《あんしん》しました。

カンボランダのサークルのまん中には、見覚《みおぼ》えのある一本の大木《たいぼく》がありました。

丈《たけ》はさほど高くはありませんが、ねじくれた枝《えだ》が四方《しほう》にひろがっているようすは、

骨《ほね》ばった手首から先が地中《ちちゅう》からつきでているようでした。

木《き》の根《ね》もとに、ぽっこりとあいた穴《あな》。あれがノームの家の入り口なのです。

黒《くろ》ばらさんのスコップが上空《じょうくう》をひとまわりすると、周囲《しゅうい》のカンボランダの木々《きぎ》はつないだ枝《えだ》を持ちあげたりさげたり、フォークダンスを踊《おど》っているようなしぐさをしました。

歓迎《かんげい》してくれているのか追いはらおうとしているのか、よくわかりませんが、ともかく黒ばらさんは、サークルの中におりたちました。

といっても、そんなにかっこよくおりたったわけではなく、スコップの先がヒースのしげみにななめにつきささった状態《じょうたい》で停止《ていし》したのですが……。

「おっとっと！」

スコップからおりて立ちあがると、目の前には、どこからあらわれたのかノームのおやじさんが、にこにこして立っていました。

まっ赤《か》な団子鼻《だんごばな》に、まっ白《しろ》な眉毛《まゆげ》とあごひげ、すいかのようなおなか。先っぽが、黒《くろ》ばらさんの胸《むね》の位置《いち》にとどくほどの三角帽子《さんかくぼうし》。その赤い色がややあせたかなと思うくらいで、ノームのおやじさんは、以前《いぜん》あったときとまったくかわっていませんでした。

「これは、これは！　黒《くろ》ばらさんじゃないか。知らせてくれれば、歓迎《かんげい》パーティーの準備《じゅんび》をしていたものを。」

あいかわらず、あたたかいおやじさんです。

黒《くろ》ばらさんは、まずはかがみこんで、おやじさんの鼻《はな》にキスをするといいました。

「ああ、ちょっときゅうに思いついたんで。」

「そうかい。いや、ぜんぜんかまわないんだよ。その節《せつ》は、息子《むすこ》の名付《なづ》け親《おや》になってくれて、ありがとうよ。おかげで、無事《ぶじ》にそだっているよ。まだまだ、寝小便《ねしょうべん》小僧《こぞう》だけどな。」

ノームの世界《せかい》では、百歳《さい》ぐらいでようやく親《おや》もとをはなれて自立《じりつ》するらしいですから、十五年やそこらでは、赤ちゃんあつかいされても無理《むり》はないでしょう。

「それはよかった。スキデンユキデンは元気《げんき》なのね。」

そう。スキデンユキデンというのが、黒《くろ》ばらさんがその子につけた名前でした。

「ほら。そこにいるよ。」

おやじさんが、かたわらの木を指《ゆび》さすと、いつのまにかノームの子どもたちが七人、てんでに木の枝《えだ》にこしかけたり、ぶらさがったり、はらばいになったりしているのでした。赤い三角帽子《さんかくぼうし》以外《いがい》は、どの子もまったく木の枝とおなじ色をしていました。

いちばん小さい子が、ピョーンと木からとびおりて、黒《くろ》ばらさんを見あげました。みんなとおなじように赤い三角帽子《さんかくぼうし》をかぶっていましたが、瞳《ひとみ》の色は、片方《かたほう》が赤で片方が緑《みどり》。鼻《はな》のてっぺんに、大きないぼがありました。片方の鼻の穴《あな》から、デレーンとはなをたらしているのをのぞけば、なかなか愛《あい》嬌《きょう》のある顔をした子どもでした。

「こんにちは。スキデンユキデン。」

黒《くろ》ばらさんは、その子の鼻のてっぺんにもおなじようにキスをしてあげました。

「ウキキキキ！」

スキデンユキデンが、鼻にしわをよせてうれしそうに笑《わら》うと、大きな前歯《まえば》が二本見えました。

木の根《ね》もとのドアがあいて、顔をだしたのは、ノームのおかみさんです。いかにもノームのおかみさんといったふぜいの彼女《かのじょ》も、まったくかわっていませんでした。

「あんた。お客《きゃく》さんなら、はいってもらったらどうなの?」

つぎの瞬間《しゅんかん》、お客が黒《くろ》ばらさんだとわかると、ころがるようにかけてきてだきつきました。

「おかみさん、しばらくね! ふたりとも、まるできのうあったみたいに、ちっともかわらないわ。」

「そりゃ、人間の十年や二十年は、あたしたちにとっちゃ、十分や二十分て感じだもの。かわるわけないよ。さあ、はいった。はいった。」

おかみさんは、ケラケラ笑《わら》いながら、黒《くろ》ばらさんの手をひっぱっていきました。

土の下のノームの住《す》みかは、なにもかもがおやじさんの手作りで、質素《しっそ》ですが快適《かいてき》でした。

「ありあわせだけど……。」

おかみさんがだしてくれたのは、ドライヒースのサラダと、ドングリのクッキーでした。

ヒースのサラダは味《あじ》もなく、かんでもかんでもなくならないので往生《おうじょう》しましたが、はちみつ入りのドングリクッキーは香《こう》ばしくて、かむとほどよくサクッとくずれる感《かん》じがなんともいえません。

ケケーロがさっそく肩《かた》からはいずりでてきて試食《ししょく》して、やはりドングリクッキーがいたく気にいったようです。

「さーて、とつぜんの黒《くろ》ばらさんのご来訪《らいほう》はうれしいが、なにか心配《しんぱい》ごとがおありだねえ。失《う》せもの、さがしものがあると見たが……？」

石のテーブルをはさんでむきあうと、おやじさんはいいました。

「そうなの。おやじさん。またまた、助《たす》けを借《か》りたいことがあるの。」

「わしらが役《やく》にたつことなら、なんなりと……。なにしろ黒《くろ》ばらさんは、うちのだいじな七番目《ばんめ》の息子《むすこ》の名付《なづ》け親《おや》だからね。」

「ありがとう。おやじさん。」

＊

黒《くろ》ばらさんの話をききおわったノームの夫妻《ふさい》は、そろってため息《いき》をつきました。

「ふーむ。どうやら、そのひでくんとやらは、妖精界《ようせいかい》にとらわれておるんじゃのう。」

「そ、そ、そうそう」とおかみさん。

「そ、そ、そうなの？」と黒ばらさん。

「黒《くろ》ばらさんと知りながら、ひと言《こと》も言葉《ことば》をかわさなかったというのであれば、それ以外《いがい》に考えられないて。」

「そ、そ、そうそう」とおかみさん。

「どうしてそんなことになっちゃったのかしら」と黒ばらさん。

「理由《りゆう》はいろいろあるさ。」

ここで、またおかみさんが、「そ、そ、そうそう」と合《あい》の手《て》をいれるでしょう。そう思って、黒《くろ》ばらさんがおかみさんのほうを見ると、案《あん》に相違《そうい》して、おかみさんは、とうとうとまくしたてました。

「そりゃ理由《りゆう》はいろいろあるわよ。知らずに妖精《ようせい》の踊《おど》りの輪《わ》の中にはいっちゃったり、妖精のために残《のこ》しておいた食《た》べ物《もの》を知らずに食べちゃったり……。無用心《ぶようじん》に妖精にキスされたり、妖精に見こまれてさらわれたり……ね。人間たちの常識《じょうしき》はこっちの世界《せかい》じゃ通用《つうよう》しないんだから。」

「ふーん。」

「あるいは、自分から妖精界《ようせいかい》にとびこんだりな。」

「え？　自分からとびこむ人間もいるんだ！」と黒《くろ》ばらさん。

「そりゃいるわよ。なんてったって、妖精たちの寿命《じゅみょう》は無限《むげん》にちかい。人間のように、あっというまに燃《も》えつきたりはしないもの。」

「それに、妖精《ようせい》の王《おう》や女王《じょおう》は、人間にはおよびもつかぬ強大《きょうだい》な力を秘《ひ》めておるしな。黒《くろ》ばらさんがザワブルン城《じょう》であったふしぎなできごとも、ひょっとすると、妖精女王の〈時《とき》の魔法《まほう》〉につかまったのかもしれんのう。」

「時《とき》の魔法《まほう》？」

「そうさ。妖精女王《ようせいじょおう》は、時の流れをみだす魔法がおとくいなんだよ。自分でも、時間の門《もん》を自在《じざい》にひょいひょいとくぐりぬけるしのう。」

「そ、そ、そうそう。おまけに、強力《きょうりょく》なフェロモン光線《こうせん》を持っててね。男という男は、その光線をあびるとイチコロなのさ。」

「へえ。うらやましいような、ごめんこうむりたいような。でも、あたしは、妖精《ようせい》女王《じょおう》にあったこともないし、魔法《まほう》をかけられる理由《りゆう》もないし……。」

黒《くろ》ばらさんは、ほうっとため息《いき》。

「センセー、センセー！　あっしゃ、なんだか、おっかなくなってきたクエー！もう帰りましょうよ、日本へ。」

ケケーロが早くも弱音《よわね》をはきました。

「でもねえ。なにがあったか知らないけど、ひでくんとは、つい何年かまえまでは連絡《れんらく》もとれていたのよ。魔法《まほう》学校でがんばっているとばかり……。」

黒《くろ》ばらさんがぼやくと、いつのまにかそばによってきていたスキデンユキデンが、口をはさみました。

「ウキキキキ！　自分でいってたしかめるっきゃない！」

「え？」

といかえすと、スキデンユキデンは、自分の顔を指《ゆび》さしていいました。

「おいら、いっしょにいってあげるよ。ウキキ！」

「ひえーっ!?」

「クエー!?」

同時《どうじ》に叫《さけ》んだのは、ノームのおやじさんとおかみさんと、ケケーロです。

「だ、だって、おまえは、ついこのあいだおしめが取れたばかりの赤《あか》ん坊《ぼう》だよ。」

「そ、そ、そうそう。」

「だって、この人、おいらの名付《なづ》け親《おや》だろ？　ウキキ！　おいらが、右目と左目でちがうものが見えるのも、こんな名前をもらったせいだよ。」

「そ、そ、そうなの？」と、黒《くろ》ばらさん。

「もともと妖精《ようせい》の七番目《ばんめ》の子どものそのまた七番目の子どもには、ふしぎな力があるといわれているがね。この子にゃ、それ以上《いじょう》にふしぎな力がある。スキデンユキデンとは、ほんとうにいい名前をつけてもらった。わしらには思いもつかない名前だ。」

「そりゃそうかも……。」

スキデンユキデンとは、漢字《かんじ》で書けば、主基田悠紀田。主基田《スキデン》とは、大嘗祭《だいじょうさい》で祭祀《さいし》に用《もち》いる新穀《しんこく》をつくるために西方に設《もう》けられた田《た》んぼ。悠紀田《ユキデン》は、対称《たいしょう》に東につくられる田んぼのことだからです。

ふかい意味もなく、たまたまそのとき頭にうかんだ名前をつけただけだったので、黒《くろ》ばらさんは、ちょっと赤くなりました。

「だけど、おっかさんは心配《しんぱい》だよ。おまえはまだ、ほんの赤《あか》ん坊《ぼう》じゃないか。」

おかみさんは、スキデンユキデンをだきしめていいました。

「そう。ここにいさえすれば安全《あんぜん》だ。

このカンボランダの木には、魔《ま》よけの力があるからな。だから、わしらはこの木をふやして、住《す》みかのまわりをぐるりと輪《わ》にしたんだよ。妖精女王《ようせいじょおう》の魔力《まりょく》もここまではおよばん。」

「そうだったの！　カンボランダにそんな力があったとは！」

なにしろ、カンボランダは強烈《きょうれつ》な花粉症《かふんしょう》をひきおこすとかで、切りたおされたりひっこぬかれたりして、いまでは地球上《ちきゅうじょう》からほとんど消《き》えうせてしまったはずですから……。

「そ、そうそうそう。ここから一歩《ぽ》でも出たら、あんたたちの安全《あんぜん》は保障《ほしょう》されないのよ。」

「ウキキ！　とめたって、おいらはいくよ。いつか、おいら、このカンボランダ・サークルから出てみたかったんだ。いまがそのときなんだよ。」

「そ、そ、そうかも……。」

おかみさんは、ついに力なくいいました。

おやじさんも、さすがにガックリと肩《かた》を落としていいました。

「かわいい子には旅《たび》をさせろって、日本のことわざ、黒《くろ》ばらさんが教えてくれたんだよね。」

しょう。

にないヤモリ一匹《ぴき》をお供《とも》につれて、いったいどこをどうやってさがしたらいいので

おしめが取れたばかりのはなたれ小僧《こぞう》のノームの坊《ぼう》やと、なんの役《やく》にもたちそう

スキデンユキデンとを前にして、黒《くろ》ばらさんはとほうにくれていました。

悲嘆《ひたん》にくれながらもわが子の力に期待《きたい》している両親《りょうしん》と、やたらはりきっている

「ええ、でも……。」

（どこへいきゃ、ひでくんにあえるっていうのよ……。）

声にださずにつぶやいたのに、ノームのおやじさんにはとどいたようです。

「こんどの満月《まんげつ》、ミーアの森《もり》のキノコの十字路《じゅうじろ》で、妖精《ようせい》の市《いち》がひらかれるそうだよ。」

黒《くろ》ばらさんは、はっとしてノームのおやじさんを見つめました。

なにをかくそう、そのむかし、ミーアの森をさまよって、いきだおれ寸前《すんぜん》になっていた黒ばらさんをたすけてくれたのが、このノームのおやじさんだったのです。

「妖精《ようせい》の市《いち》がひらかれるときは、〈時〉の入り口もひらかれるから、あちらの世界にもたやすくはいりこめるかもしれんぞ。」

「そ、そうそう。黒ばらさんとそのひでくんとをつなぐ持《も》ち物《もの》があれば、同じ

〈時〉にいけるかもしれないわ。」

「あたしとひでくんとをつなぐもの？　ひょっとして、このうぬぼれ鏡《かがみ》では……？」

「そ、そうそうそう。それでいいのよ。こんどの満月《まんげつ》といったら二日後《ふつかご》よ。」

妖精《ようせい》の市《いち》なら、おおぜいの妖精でごったがえすはず。ひでくんのうわさをきいている妖精もいるかもしれません。

「いってみます。」

黒《くろ》ばらさんは、いいました。

しかも、ミーアの森《もり》は、黒ばらさんが生まれたばかりのわが子をあずけた夫婦《ふうふ》が住《す》んでいたダペスト村《むら》とも目と鼻《はな》の距離《きょり》です。もっとも、そこには、いまは娘《むすめ》のお墓《はか》があるだけでしたが……。

それを思いだしたとたん、重い石を投《な》げこまれたように、黒ばらさんの胸《むね》が、きりきり痛《いた》みました。

（もしかしたら、この旅《たび》は、はじめからそういうさだめになっていたのね。……あんまりつらい思い出だから、記憶《きおく》のすみっこのほうにつっこんだまままわすれたふりをしていたけれど、やっぱりそうはいかなかったわ。）

ひでくんにしても、なにかほんとうにこまったことになっていて、黒《くろ》ばらさんに知らせるために、鏡《かがみ》をしのばせたのかもしれません。

「やっぱり、いくっきゃないようね！」

「だよね。ウキキ！」

スキデンユキデンは、でんぐりがえりしてよろこびました。

「さあさあ、旅《たび》だちはあしただ。今夜《こんや》はここでゆっくりおやすみ。」

「そ、そ、そうそう。旅に出たら、いつ寝《ね》られるかもわからないわ。」

ノームのおかみさんは不吉《ふきつ》な言葉《ことば》をはくと、黒《くろ》ばらさんのために、ベッドを三つくっつけて、寝床《ねどこ》を用意《ようい》してくれました。

そう。あのときとおなじように……。そのむかし、死《し》を見つめながら森《もり》をさまよいあるいていた黒ばらさんが、気がつくと、小さな三つのベッドに寝ていたときと……。

7 ノームの子ども スキデンユキデン

ノームのおかみさんは、スキデンユキデンに、ひととおりの食料《しょくりょう》のはいったふくろをわたしながらいいました。

「これが、おまえの好《す》きなハッカ茶《ちゃ》だよ。これは、乾燥《かんそう》キノコ。ドングリパン。黒《くろ》イチゴのジャム。こっちは、いろんな草の種《たね》。水をいれて煮《に》ればおかゆになるからね。」

「ウキキ。こんなにたくさん、もらっちゃっていいの？」

スキデンユキデンは、無邪気《むじゃき》によろこんでいます。

つづいて、父親《ちちおや》のノームが、油紙《あぶらがみ》につつんだ小さな包《つつ》みをいくつかわたしながらいいました。

「これは、タンポポの葉《は》っぱ。便秘《べんぴ》にきくから、毎日《まいにち》すこしずつ食べなさい。下痢《げり》したときは、ケシの実《み》だ。おならが出てこまるときは、ウイキョウだよ。眠《ねむ》れないときは、カミツレの花。こっちは、ニワトコの花。風邪《かぜ》をひいたなと思ったときは、せんじて飲《の》むといい。だが、火を使えないときは、そのままかんでもいいぞ。気がふさいでしかたがないときは、オトギリソウだ。こっちは、ペンペングサか。これは高血圧予防《こうけつあつよぼう》だから、おまえにゃいらないだろう。いいね。」

「父ちゃん。そんなにいっぺんにおぼえられないよ。なにがなんだか、わかーんない。」

「まあ、いいだろう。こんどの旅《たび》は黒《くろ》ばらさんといっしょだ。いざというときは、黒ばらさんにきくといい。」

「そ、そ、そうそう。黒ばらさんといっしょなら安心《あんしん》だわ。」

「薬草《やくそう》の知識《ちしき》なら、わたしもひととおりあります。おやじさん、おかみさん、安心してちょうだい。」

安心《あんしん》されてもこまるのだけど、とりあえず黒ばらさんは、ノームの夫婦《ふうふ》にいいました。

だいじな息子《むすこ》になにかあっても、あたしゃ知らないわよと、胸《むね》の中でつぶやいたとたん、おやじさんから返事《へんじ》が返ってきました。

「だいじょうぶさ。わしの息子にかぎって、ドジはやらん。それでもよっぽどこまったときには、口笛《くちぶえ》をふくんだぞ。近くにいる仲間《なかま》がかならずかけつけるはずだ。いいな、スキデンユキデン。」

「ウキキ。でもおいら、まだうまく口笛ふけないよ。」

スキデンユキデンはくちびるをとがらせて口笛をふこうとしましたが、かすれたノイズが出てくるだけでした。

黒《くろ》ばらさんは、ますます気が重くなりました。

「さあ、おなごり惜《お》しいけど、そろそろ旅《たび》だったほうがいいわ。」

「そうだなあ。遠くへ旅するときは、渡《わた》り鳥《どり》をよびよせて、背中《せなか》に乗せていってもらうところだが……。」

「そ、そ、そうそう。でも、こんどは黒《くろ》ばらさんのすばらしい杖《つえ》があるわ。それに乗っておゆき。」

「つ、杖《つえ》といってもいまはスコップに変身《へんしん》しているんだけど、そんなんでかまわないかしら。」

「かまわんさ。見た目がスコップだろうとなんだろうと、黒《くろ》ばらさんの杖《つえ》であることにかわりはない。なにより、りっぱに空をとんできたじゃないか。」

「そうね。では出発《しゅっぱつ》！」

スキデンユキデンをスコップの先っぽにのせて、黒ばらさんがとびたとうとしたときでした。

「クエー！　おいらのこともわすれないでクエー！」

どこかで、ヤモリのケケーロの声がしました。

「ああ、わすれてたわ。どこにいるの？」

「ここでさ。ここ、コーコ！」

ケケーロは、ひっしで黒《くろ》ばらさんのマントの裾《すそ》からはいあがってきました。

こうして、黒ばらさんはとびたちました。

ノームの子どもを前にのせ、ヤモリは、自分のひざのあたりにしがみつかせ、小さな子どもふたりを自転車《じてんしゃ》にのせたお母さんになった気分《きぶん》です。

「ウキキー！　とうとう、おいら、カンボランダ・サークルから出られたよー！やったー！　やったぜ！　おいら、自由だ。おいら、自由だぜ！」

ノームの子ども、スキデンユキデンが無邪気《むじゃき》にはしゃぐ声だけが、あたりにひびきわたりました。

ミーアの森《もり》についたのは、もうひとふき息《いき》をふきこんだらまん丸《まる》という月が、夜《よ》空《ぞら》高く、さえざえと輝《かがや》きわたっているころでした。

夜《よ》がふけるほどに元気がよくなるスキデンユキデンとは対照的《たいしょうてき》に、黒《くろ》ばらさんはすこし眠《ねむ》りたい気分《きぶん》でした。

だれがなんといったって、じゅうぶんな睡眠《すいみん》をとらないと、百五十歳《さい》のお肌《はだ》にはこたえるのですから……。っていうか、黒ばらさんのエネルギー源《げん》は、食事《しょくじ》よりなにより睡眠にあるのですから……。

「妖精《ようせい》の市《いち》にいくまえに、あしたの昼間《ひるま》、寄《よ》りたいところがあるんでね。あたしゃ、いまのうちにやすませてもらうわよ。」

「ふーん。いいよ。おいら、黒《くろ》ばらさんが寝《ね》ているうちに、この森《もり》のどこで市《いち》がひらかれるのか、きいておくよ。ウキキ。」

「だれに？」

「わかーんないけど、この森の動物のだれかさ。」

「そんなんじゃ、だめだーめ。うろちょろしないで、ちょっとのあいだ、おとなし

くこのあたりを散歩《さんぽ》でもしててちょうだい。」

できることなら、スキデンユキデンの首根《くびね》っこをつかまえて、木の幹《みき》にでもしばりつけておきたいところです。

「ウキキ。わかったよ。心配《しんぱい》しなさんなって、オバサン。」

ノームの坊《ぼう》やは、プチンとウインクしました。

黒《くろ》ばらさんは、心地《ここち》よさそうな木のうろを見つけると、マントにくるまって横《よこ》になりました。


スキデンユキデンは、しばらくのあいだ、近くの森《もり》のにおいをかぎまわっていましたが、黒《くろ》ばらさんが寝《ね》てしまったのを見とどけると、もっと遠くへいってみたくなりました。

そもそも、ノームがもっとも元気で活動《かつどう》できるのは夜中《よなか》なのです。赤《あか》ん坊《ぼう》ながら、スキデンユキデンも例外《れいがい》ではありませんでした。

「ウキキ。黒《くろ》ばらさんが起《お》きてくるころには、ちゃんと、妖精《ようせい》の市《いち》がひらかれる場所をききだしておくよ。じゃあね。」

スキデンユキデンが、トットコ歩きだそうとすると、ケケーロがよびとめました。

「クエー！　どこいくのケー？」

ケケーロの話す言葉《ことば》は、黒《くろ》ばらさん以外《いがい》にはききとれないはずでしたが、さすが、ノームの子ども、スキデンユキデンにはちゃんとつうじました。

「シーッ！　バーサンが起《お》きたらつたえといて。さきに、どっかいくならいって用《よう》事《じ》をすませといてって。ここでおちあおうって。」

「クエー！　アッシだっていっしょにいくケー！　こんなところで留守番《るすばん》してるの、つまんないケー。」

ケケーロがついてきそうになったので、スキデンユキデンはかけだしました。

ノームがスピードをだしてかけだせば、とてもヤモリなんかには追いつけません。

地面《じめん》によこたわった枯《か》れ木《き》をピョーンととびこえて、うしろをふりかえると、あきらめたのか、ケケーロのすがたはどこにも見えませんでした。

「ウキキ。ヤモリはおとなしく、スコップの柄《え》にでもしがみついてりゃいいのさ。」

もっとも、スキデンユキデンには、とっくに、ケケーロがもともとはからすであるというのは見えていました。

プチンと左目《ひだりめ》をつぶって赤い瞳《ひとみ》の右目だけで見れば、本来《ほんらい》のすがたが見えるのです。これは、ノームの七人の子どもの中でも、スキデンユキデンだけにそなわった力でした。

しかし、ケケーロに気をとられた一瞬《いっしゅん》の油断《ゆだん》がスキデンユキデンを窮地《きゅうち》におとしいれました。

あたりの空気をかぎとろうと、大きな鼻《はな》を上にむけたとたん、黒い風のようにおそいかかった動物《どうぶつ》がいました。

ノームの天敵《てんてき》、テンです。

テンは、ノームの子どものえり首《くび》にしっかりくらいつくと、まよわず自分の巣穴《すあな》をめざしてかけだしました。

巣穴には、おなかをすかせた二匹《ひき》の子どもがいるのです。

スキデンユキデンは口笛《くちぶえ》をふくどころか、えり首をしめつけられて声さえだせませんでした。

（く、く、苦《くる》しいー！　死《し》んじゃう、死んじゃう！）

そのときでした。

いきなり、バサバサーッと羽音《はおと》がしたかと思うと、つぎの瞬間《しゅんかん》には、スキデンユキデンの小さな体は、テンにくわえられたまま、空中《くうちゅう》に持ちあげられていました。

テンが、すさまじい悲鳴《ひめい》をあげました。

するとノームの子どもはテンの口もとからこぼれおちて、枯《か》れ葉《は》の積《つ》もる地面《じめん》にコロコロところがりました。

見あげると、大きな翼《つばさ》をひろげた夜の王者《おうじゃ》フクロウが両足《りょうあし》にテンをつかんで、高《たか》い木の上に運《はこ》んでいくところでした。

「ヒエー！　た、たすかった。こわいよー！　父ちゃん、母ちゃん！」

すっかりおびえてしまったスキデンユキデンは、ブルブルふるえながら木の根《ね》もとに身《み》をかくしました。

どうしていいかもわからなくなって、とりあえず、三角《さんかく》の赤い帽子《ぼうし》をかぶりなおしました。

「よかった。帽子は無事《ぶじ》だった。」

この帽子《ぼうし》は、お風呂《ふろ》にはいるときと寝《ね》るとき以外《いがい》は、死《し》ぬまでおなじものをかぶりつづけるのです。

うす暗《くら》がりではめだつので、ノームと同盟《どうめい》をむすんでいるフクロウなどの肉 食《にくしょく》獣《じゅう》からは、身《み》をまもる役目《やくめ》をはたしています。

けれども逆《ぎゃく》に、さっきのように目《め》じるしになっておそわれる危険性《きけんせい》もあるのです。

スキデンユキデンの心臓《しんぞう》は、まだはげしく波《なみ》だっています。

恐怖《きょうふ》で身動《みうご》きもできなくなった彼《かれ》は、ひたすら木の根《ね》もとに体をおしつけて、できることなら、この根もとの中にかくれてしまいたいと思っていました。

小鳥《ことり》のさえずりで黒《くろ》ばらさんが目をさますと、森《もり》の中には朝もやがただよい、太い木々《きぎ》の幹《みき》がかげのように縞《しま》もようをつくっていました。

あたりに、スキデンユキデンのすがたは見えませんでした。

「どこ、いっちゃったのかしら。」

つぶやくと、ヤモリのケケーロがスコップの柄《え》にくっついたまま、いいました。

「ああ、あのちびの赤帽《あかぼう》クエー？　そういや、なにかいってたッケー！」

「なんて？」

「おいらが帰るよりまえにバーサンが目をさましたら、どっか知らねーけど、いくとこ、いっててクエーって、いってたッケ。」

「なに、バーサンてあたしのこと？」

少々ムカッとしましたが、たしかに真実《しんじつ》なのだからしかたがありません。

「そいで、あの子はどこへいったの？」

「まったくもう、しょうがないわね。いうことききかないいんだから。でも、ぐずぐずしちゃいられないわ。いくとこ、いってくるわ。」

「どこ、いくんですケー？」

「ここからすぐのダペスト村《むら》よ。ついてきてもおもしろくないわよ。」

「こんなところにおいてかれるよりは、ましでクエー。」

「じゃあ、おいで。」

黒《くろ》ばらさんは、スコップにまたがりました。

すると、ケケーロはえんりょがちにいいました。

「クエー！　センセー！　そろそろ、あっしを、もとのつやつやと黒光《くろびか》りしたりっぱな羽《はね》のからすにもどしてくれても、エーンでないクエー？」

「もどしてやりたいんだけどねえ。」

黒《くろ》ばらさんは、ついにほんとうのことをいいました。

「なぜか、あたし、このあいだっから変身術《へんしんじゅつ》がうまくいかないのよ。ヤモリからは卒業《そつぎょう》できるかもしれないけど、ミミズになったって知らないわよ。わるいことはいわない。ヤモリのほうがなにかと便利《べんり》だって。」

「知るケー！」

「そんな殺生《せっしょう》な……。クエークク……。」

ケケーロは、泣《な》きべそをかきました。

「まあ、あせりなさんな。なるようにしかならないわよ。」

「クエーセラセラー！」

ケケーロは、やけっぱちのようにがなりたてます。

そうこうしているうちに、ダペスト村《むら》の上空《じょうくう》へやってきました。

8

風車小屋《ふうしゃごや》の男

いまにも降《ふ》りだしそうな空の色です。渡《わた》り鳥《どり》らしい鳥が四羽《わ》、やかましく鳴《な》きかわしながら、沼《ぬま》の上をとんでいきました。

沼のほとりの風車小屋《ふうしゃごや》は、まだありました。

しかし、いまはまったく使われていないようで、四枚《まい》の風車の羽根《はね》は、どれも折《お》れたり、欠《か》けたりしています。風にきしむ気配《けはい》もありません。

沼《ぬま》のまわりには、人にふみしだかれて茶褐色《ちゃかっしょく》に変色《へんしょく》した草の道がありますが、人《ひと》っ子《こ》ひとり見あたりません。

あのときもそうでしたが、見すてられたようなさびしい村《むら》でした。

「あれから、何十年《なんじゅうねん》たったのかしら。」
ていいます。
あのとき黒《くろ》ばらさんは、十八歳《さい》でした。ってことは、なんともう百年以上《いじょう》もたっ
黒ばらさんは、まだ乳飲み子《ちのご》だった赤《あか》ん坊《ぼう》を、風車小屋《ふうしゃごや》の善良《ぜんりょう》そうな若夫婦《わかふうふ》に
あずけて、魔法《まほう》学校に旅《たび》だったのでした。
飛行術《ひこうじゅつ》も変身術《へんしんじゅつ》も身《み》につけていなかったときでしたから、赤ん坊連《づ》れであのけ
わしいハロケン山へのぼることなど、とうてい無理《むり》だったのです。おちついたらす
ぐにつれもどしにくるはずでした。
何年《なんねん》かして、ようやく飛行術《ひこうじゅつ》だけはものにできて、娘《むすめ》をつれもどしにおとずれ
たときは、すでに赤ん坊は病気で死《し》んでいました。
申《もう》し訳《わけ》ないと泣《な》いてあやまる夫婦《ふうふ》を責《せ》める気力《きりょく》もありませんでした。責めるとし
たら、乳飲み子《ちのご》を見知らぬ人にあずけて旅《たび》だった自分のほうでしょう。
あれから百年以上《いじょう》もたつのだとすれば、もう、あの夫婦もこの世《よ》にはいないで
しょう。
風車《ふうしゃ》も使われていないようですから、小屋《こや》にはだれも住《す》んでいないのかもしれま
せん。

それでも黒《くろ》ばらさんは、沼《ぬま》のほとりにおりたって、小屋をたずねてみました。

「ごめんください。どなたかいらっしゃいますか？」

そまつな木のとびらを、ホトホトホトとたたきましたが、返事《へんじ》はありません。

そっととびらをひいてみると、鍵《かぎ》はかかっていないようでした。

細《ほそ》めにひらいたとびらの中は、電気もない暗《くら》い小部屋《こべや》がひとつだけ。かびくさいにおいが、もわーっと鼻《はな》をつきました。

ふと、こちらを見つめているだれかの視線《しせん》を感じました。

目がなれると、奥《おく》の壁《かべ》ぎわの石をくりぬいた棚《たな》にこしかけたひとりの男のすがたが見えてきました。

小がらで丸顔《まるがお》ですが異様《いよう》に大きな鼻《はな》と耳。髪《かみ》の毛《け》はほとんどなく、手足は棒切《ぼうき》れのように細《ほそ》いのです。ぼろぼろのシャツの下からは、あばら骨《ぼね》がすけてみえます。ひじょうに年《とし》とっているようにも見えましたが、子どもといわれれば、そんなふうにも見えます。つまり、まったく年齢不詳《ねんれいふしょう》でした。

男が、黒《くろ》ばらさんを見てニヤリと笑《わら》うと、鼻の両《りょう》わきでくぼんだ小さな黄色《きいろ》い目が陰険《いんけん》そうな光をはなちました。

男の口からよだれがツツーッとたれたのを見て、思わず回《まわ》れ右《みぎ》したくなりました

が、ぐっとこらえて、黒《くろ》ばらさんは口をひらきました。

「ちょっとおうかがいしますが……。」

「あんた、だれだね。」

さきに男が、くぐもった声でたずねました。

「あ、あたしは二級魔法使《きゅうまほうつか》い黒《くろ》ばらです。あなたは、ここに住《す》んでいるんですか？」

「二級魔法使い？　あんた、魔法使いかね。」

男は自分のことはこたえずに、黒《くろ》ばらさんのつま先《さき》から頭のてっぺんまでを、じろじろとながめながらいいました。

「ええ、まあ。あの、つかぬことをおたずねしますが、むかし、ここに住《す》んでいたご夫婦《ふうふ》のことをごぞんじでしょうか。」

「……むかしって、どのぐれえむかしだね。」

「そう。百年ぐらい……。」

どうせ知らないといわれるでしょう。ところが、男の答えは意外《いがい》でした。

「そんなら知ってるよ。」

「え?」

「そりゃ、わしの父ちゃん、母ちゃんだ。」

「えええーっ?」

黒《くろ》ばらさんは、耳をうたがいました。

「あなたは、あのご夫婦《ふうふ》の息子《むすこ》さんだったんですか? えー、シュテンブルグさんとおっしゃいましたね。」

男は、だまってうなずきました。

「わたしは、あなたのお父さまとお母さまにおせわになった者《もの》です。おふたりは、もう……。」

「………?」

男がいつまでも、黒《くろ》ばらさんのつぎの言葉《ことば》を待《ま》っているので、しかたなくつづけました。

「お亡《な》くなりになったんでしょうか。」

すると、男はまた、ニヤリと笑《わら》っていいました。

「ああ。死《し》んじまったよ。」

自分の両親《りょうしん》の死《し》を語《かた》るのにニヤリとするなんて、目の前の男は気がふれているのかもしれません。

黒《くろ》ばらさんは、用心《ようじん》しながらたずねました。

「せめてお墓参《はかまい》りをさせてくださいな。お墓はどこにあるんでしょう。」

「知るもんかね！」

男はきすてるようにいいました。

「村《むら》のやつらが、どっかにかくしただ。わしには教えねえ。」

「そう……なんですか。」

だめだ、こりゃ。この男と話していても、らちがあきそうもありません。

「おじゃましました。」

とびらをしめてひきかえそうとすると、いきなり男が近づいてきました。

「おい！　おまえ、魔法使《まほうつか》いといったな。なにしにきた！　このわしをどうしようってんだ。」

いまにもつかみかかってきそうないきおいです。

やっぱりヘンだ、この男！

黒《くろ》ばらさんは、とっさに危険《きけん》を感じて逃《に》げだしました。

かけだしながらスコップにとびのると、沼《ぬま》の上にとびたちました。

男は沼のふちまで追いかけてきて、その辺《へん》に落ちている土くれやら小石やらを黒ばらさんめがけて、投《な》げつけはじめました。

「クエー！　キビワリー！　なんだ、あいつー！」

ケケーロがおびえて、黒《くろ》ばらさんのマントにしがみついてきました。

「こうなったら、ほかの村人《むらびと》にきいてみるしかないわ。」

沼《ぬま》の対岸《たいがん》のはるかむこうに人家《じんか》の屋根《やね》が見えます。

近づくにしたがって、風車小屋《ふうしゃごや》とはうってかわった明るい家の壁《かべ》が見えてきました。

ホッと安心《あんしん》です。

家の前で、大きな牛《うし》が一頭、草をはんでいます。

そばには、ネッカチーフを頭にかぶった太《ふと》った老婦人《ろうふじん》がいましたが、黒《くろ》ばらさんが空《そら》をとんで近づいてくるのを見ると、びっくりして、家の中へ逃《に》げこんでしまいました。

無理《むり》もありません。

「しまった。もっと手前でスコップをおりればよかった。」

でも、いまの老婦人《ろうふじん》なら、まともな話ができそうです。

黒《くろ》ばらさんは、ともかく、その家のドアをたたきました。

「すみません。あやしい者《もの》ではありません。ちょっとお話をききたいだけです。わたしは日本からきた黒ばらともうします。」

ひっしの思いがつうじたのでしょうか。

ドアがかすかにひらき、老婦人《ろうふじん》のおびえたような目が、黒ばらさんを見つめました。

「あなた……さっき、空をとんでいた……?」

「え? いいえ。まさか! ちょっとおたずねしたいのは、あの風車小屋《ふうしゃごや》に住《す》んでいる方《かた》のことです。わたしは、そのむかし、シュテンブルグさんご夫妻《ふさい》にとってもおせわになったものなんです。」

「まあ、あなた、シュテンブルグさんのお知り合《しあ》いだったの？」

ドアが大きくひらかれました。

しばらくして、黒《くろ》ばらさんと老婦人《ろうふじん》は、木のテーブルをはさんでむかいあい、あたたかいミルクを飲《の》みながら話をしていました。

「シュテンブルグさんたちは、とてもいい方《かた》たちでした。でも、あの息子《むすこ》さんは……気味《きみ》がわるくて……。だって、いつまでたっても年《とし》をとらないの。子どもなんだか老人《ろうじん》なんだかわからないあのすがたのまま……。」

そういって、老婦人《ろうふじん》は肩《かた》をすくめました。

「村《むら》の人たちとはつきあっていないようですね。」

「つきあうもんですか。あんなやつとつきあったら、ろくなことがないわ。親切《しんせつ》にしてあげても、悪《わる》さで返すだけなんです。どろぼうはする。家畜《かちく》や農作物《のうさくもつ》にいやがらせはする。みんな、あいつのすがたを見たら、家に逃《に》げこんで、かたくドアをとざしてしまうのよ。」

「シュテンブルグさんたちは、いつごろ亡《な》くなったんでしょうか。」

「もう五十年もまえです。わたしと夫《おっと》がここへうつってきてまもなくです。」

「五十年まえにきていればあえたんですね。……ご病気で亡《な》くなったんですか？」

黒《くろ》ばらさんは、そっとため息《いき》をつきました。

「それがね。わからないの。すくなくともまえの日までは、おふたりともお元気だったの。それに、おふたりそろってとつぜん亡《な》くなるなんて……。わたしたちは、あの息子《むすこ》があやしいとにらんでいます。」

「えっ！　犯罪《はんざい》だとおっしゃるんですか。ちゃんと捜査《そうさ》はしたんでしょう？」

「ええ。警察《けいさつ》はしらべはしましたが、なにも証拠《しょうこ》がなくて……。突然死《とつぜんし》ということでした。お葬式《そうしき》のめんどうは、村《むら》のみんなでみました。あの息子がなにもしようとしなかったので……。」

「そうだったんですか。わかりました。あともうひとつだけ、おききしていいですか。」

「ええ。」

「あのご夫婦《ふうふ》に、女の赤ちゃんがいたという話はきいていませんか。」

「いいえ。なにも……。わたしたちがきたときから、あの息子《むすこ》がいるだけでした。それよりまえのことは知りませんが……。ほんとうに、あいつはどっちの親にも似《に》ても似つかない鬼《おに》っ子《こ》です。わたしたちは、ひそかに、妖精《ようせい》のとりかえっ子だといってるんですよ。」

妖精のとりかえっ子……知っています。

ある種《しゅ》の妖精族《ようせいぞく》は、人間《にんげん》の赤《あか》ん坊《ぼう》をぬすんでいって、かわりに自分たちの子どもをおいていくことがあるというのです。親《おや》と似《に》ても似つかない子どもが生まれると、妖精のとりかえっ子じゃないかとうたがわれるのだそうです。

「いろいろありがとうございました。せめて、お墓参《はかまい》りだけでもして帰ります。」

「お墓は、あっちの丘《おか》の上よ。」

老婦人《ろうふじん》が指《ゆび》さしたのは、これから黒《くろ》ばらさんがいこうとしていた、娘《むすめ》のお墓のある場所でした。

「そんなにたくさんのお墓《はか》があるわけじゃないから、いけばすぐ見つかると思うわ。そうそう。うちの庭《にわ》のお花を持って、手《た》むけてきてくださいな。」

老婦人《ろうふじん》はそういって、庭にひっそりと群《む》れて咲《さ》いていたリンドウの花を切りとって、わたしてくれました。


シュテンブルグさんのお墓《はか》は、すぐ見つかりました。

ふるびた石の十字架《じゅうじか》が二つ。

そのわきに、見すごしてしまいそうな小さな石塔《せきとう》がひとつ。

石に彫《ほ》った名前はすでに風化《ふうか》していますが、「プリムローズ・シュテンブルグ」ときざんであるはずです。それが、シュテンブルグ夫妻《ふさい》が黒《くろ》ばらさんの娘《むすめ》につけてくれた名前でした。桜草《プリムローズ》のように愛《あい》らしい女の赤ちゃんだったのです。

黒《くろ》ばらさんは、持ってきたリンドウを三つのお墓《はか》に手《た》むけると、じっと手を合わせて祈《いの》りました。

「ゆるしてちょうだい。プリムローズ。」

たとえすくすく成長《せいちょう》していたとしても、あれから百年もたつのなら、もうこの世《よ》にはいないでしょう。

「なにがあっても、たとえかたときでも、あなたを手《て》ばなしちゃいけなかったのに……。」

小さな石のお墓《はか》はなにもこたえず、丘《おか》の上をふきわたるすすり泣《な》きのような風の音だけが、黒《くろ》ばらさんの胸《むね》の中を通りすぎていきました。

「ずっとこなかったのは、あなたのことを思いだすのがあんまりつらかったから……。いいえ、いいえ。自分にうそをついてはいけない。あんまり長いこと思いださずにいたために、ほんとうにあなたのことをわすれかけていたのよ。いまでは、まるで夢《ゆめ》の中でのできごとだったようにさえ思えてくる自分がこわい……。ゆるしてちょうだい。あたしをゆるして……。」

黒《くろ》ばらさんは、背《せ》をまるめてうなだれたまま、いつまでも祈《いの》りつづけていました。

「センセー！　センセー！」

ケケーロが、耳もとでささやきました。

「そろそろ、クエーんないと、あのちびの赤帽《あかぼう》とはぐれちまいますで。」


ふたたびミーアの森《もり》に帰った黒《くろ》ばらさんが、仮眠《かみん》をとった木のうろの前できょろきょろ見まわしていると、赤トウガラシのような小さな帽子《ぼうし》が、草のあいだを近づいてくるのが見えました。

スキデンユキデンでした。

「ああ、やっともどってきたね。おいら、さがしてたんだよ。」

「ごめんごめん。思ったより長くかかってしまったわ。無事《ぶじ》にあえてよかった。」

実際《じっさい》のところ、スキデンユキデンがここにもどってこられたのは、幸運《こううん》以外《いがい》のなにものでもありませんでした。

たまたま、通りかかった野《の》うさぎにたすけてもらわなかったら、いまごろ、やっぱり蛇《へび》かスカンクのえさになっていたでしょう。

野《の》うさぎとノームは同盟《どうめい》をむすんでいます。

野うさぎがけがをしたり、人間のわなにかかったりしたときには、通りかかったノームはじつに手ぎわよくたすけてあげるのですから……。

「ウキキ。おいら、きいてきたよ。今晩《こんばん》、妖精《ようせい》の市《いち》がひらかれる場所。」

「ええっ？　ほんとに？」

これはおどろきです。

「バッチリだよ。キノコの十字路《じゅうじろ》はいっぱいあるけどね。ツキヨタケのキノコ通りだってさ。」

「そう。やったわね。そんならわりとすぐわかるわ。ツキヨタケは、月の光をあびると、プラチナみたいに光るから……。ありがとう、スキデンユキデン。」

「ウキキキ。おいら、役《やく》にたった？」

スキデンユキデンは、いぼのある鼻《はな》をとくいそうにうごめかしました。

9 妖精《ようせい》の市《いち》

その夜《よ》、ミーアの森《もり》のむこうからゆらゆらとのぼってきた月は、グレープフルーツのルビーを思わせる、したたるような赤い色をしていました。

「さあ、いくわよ。乗った、乗った！」

黒《くろ》ばらさんは、スコップにノームの子どもスキデンユキデンとヤモリをのせて、これまたゆらゆらととびたちました。

今夜《こんや》の妖精《ようせい》の市《いち》は、ツキヨタケの十字路《じゅうじろ》でひらかれるのです。

「ツキヨタケは、月の光をあびるとプラチナみたいに光るっていうから、すぐに見つかるんじゃない？」

黒《くろ》ばらさんはかなり楽観的《らっかんてき》でした。

でも、スキデンユキデンは、

「ウキキ。そうかな、どうかな。ほんとかな。」

とニヤニヤし、ヤモリのケケーロは、

「クエー！　月の光は森《もり》の底《そこ》まではとどかないっケー、メッカルケー？　メッカルケー？　メッカルメッカル、メッカルケー？」

疑《うたが》いぶかそうな声でわめきたてます。

たしかに、ケケーロのいうとおり、森《もり》のてっぺんは月の光に照《て》らされて銀《ぎん》の粉《こな》をふりまいたようですが、その底《そこ》はただ黒ぐろとしたかたまりになってしずみこんでいるばかり。

ふいに、スキデンユキデンがうたうようにといかけました。

「♪ケケ！　おいらの右目は、なんの色？」

「赤！」

すかさず黒《くろ》ばらさんがこたえると、またうたいました。

「♪ケケ！　おいらの左目、なんの色？」

「緑《みどり》！」

「♪ウキキ！　ウキキ！
おいらの目の色ちがうのも
ただの飾《かざ》りじゃないんだい。
プチンと右目をつぶってみれば
そいつのおもてのすがたが見える。
プチンと左目つぶってみれば
そいつの中身《なかみ》がお見とおし。
底《そこ》の底までお見とおし。」

「へえ。じゃあ、森《もり》の上空《じょうくう》から右目で見れば、森の底のほうでおこなわれていることも見えるってわけ？」

「ウキキ。おいらといっしょにきてよかったね、オバサン。ただ、スコップの先にしがみついてるだけのケケーロとはちがうのさ。」

スキデンユキデンにコケにされたケケーロは、ムスッとしていいました。

「あっしゃ、なにも好《す》きでヤモリになったんじゃないっケ、もともとはほれぼれするほど羽振《はぶ》りのいいはぐれからすのケケーロってんだ。こうめーたって、いざってーときは、このたよりない魔法使《まほうつか》いのセンセーをりっぱにおまもりするッケヨー！」

「あーら、たのもしいこと。ふたりとも頼《たよ》りにしてるわよ。それより、スキデンユキデン、まだ、ツキヨタケの十字路《じゅうじろ》は見えてこないの？」

スキデンユキデンはあわてて片目《かため》をつぶって、森《もり》のこずえに目をこらしました。

「オッオッ！　あっちのほうの木の根《ね》もとで、いま、なにか、きらっと光ってみえた。あそこだ、あそこだ。ウッキッキ。」

いわれたほうに黒《くろ》ばらさんも目をこらしたのですが、ただ、森のこずえのりんかくが月の光にうかびあがってみえるだけでした。

「ふうん。あたしにゃまだ見えないけど、いいでしょ。おりたってみましょ。」

黒ばらさんは、スコップの先をぐいと下にむけました。

「キャッホー！　おりるぞおりるぞ。妖精《ようせい》の市場《いちば》だ。なにを売《う》ってるのかなあ。楽《たの》しみ楽しみ。ウッキッキ！」

スキデンユキデンのうきうきした気分は、すぐにケケーロにも伝染《でんせん》したようです。

「あっしゃ、なんてったって光《ひか》り物《もの》がいいケー。光り物の出物《でもの》はあるっケカー？」

「そりゃ、妖精《ようせい》の市《いち》だもの。ドワーフたちが、とびっきりの金銀細工《きんぎんざいく》を売りにだしてるんじゃないの？」

ドワーフたちが鉱石《こうせき》の採掘《さいくつ》や金銀細工にとびぬけた腕《うで》をもっているのは、この世《せ》界《かい》じゃ常識《じょうしき》です。

ケケーロはすっかりその気になりました。

「え？　ほんとですヶー？　そんなことなら、あっしゃ、出発《しゅっぱつ》まえに木のうろにかくしといた光《ひか》り物《もの》ゼーンブ持ってきて、交換《こうかん》してもらうんだった、クエー、残念《ざんねん》！」

「おいら、父ちゃんが持たしてくれたノームの薬草売《やくそうう》っぱらっても、なにかいいものと交換したいな。」

スキデンユキデンは、肩《かた》にかけたポシェットをゆらしていいました。

「ちょっとちょっと、ふたりとも、なにしにここへやってきたのか、本来《ほんらい》の目的《もくてき》をわすれないでちょうだいよ。」

黒《くろ》ばらさんは、ビシッとくぎをさしておきました。

「クエ？　あっしら、なにしにきたんですヶー？」

「んもう！　とぼけないでよね。あたしのだいじなひでくんをさがしにきたんじゃないの。」

「ウキキ。まかしといてよ。すぐ見つけてみせるさ。」

スキデンユキデンは胸《むね》をはってみせました。

しかし、そんな黒《くろ》ばらさんだって、もしも気にいった品物《しなもの》が見つかったら、記念《きねん》に一個《こ》ぐらい買《か》ってかえったって罰《ばち》は当《あ》たらないわよねと、ひそかに思っていました。

「こーっち、こっち！　あのナナカマドの木のそばにおりてよ！」

スキデンユキデンが片目《かため》をつぶったまま、キンキン声で叫《さけ》びます。見れば、夜目《よめ》にも赤い小さな実《み》をたわわにつけたナナカマドの木が、目《め》じるしのようにひときわ大きく枝《えだ》をひろげているのでした。

「わかった！　あの木の根《ね》もとね。」

黒《くろ》ばらさんがおりたってみると、上空からは一本に見えたナナカマドの木は、じつはならんで二本はえていて、幹《みき》と幹の間がトンネルのような入り口をかたちづくっていたのです。

「こっち、こっち！　ほら、あそこ！」

スコップの先っぽから、ぴょんととびおりたスキデンユキデンが、歓声《かんせい》をあげながら、トンネルの入り口にむかってかけだします。赤いトウガラシみたいな帽子《ぼうし》が、ぴょこぴょこと二本のナナカマドの根もとの間を通りぬけて消《き》えていきました。

「オーッと待《ま》ってクエークエークエー！」

ケケーロまでが、つられたようにスコップからとびおりると、スキデンユキデンのあとを追って、あっというまにすがたを消《け》してしまいました。

さっき、黒《くろ》ばらさんがさしておいたくぎなんか、あっというまにどこかへすっぽぬけてしまったようです。

「なんてこったい。ふたりとも。」

黒ばらさんの目には、まだなにもかわったものは見えていませんでした。

しかし、ふたりのあとを追い、背《せ》をかがめてナナカマドの入り口をくぐったとたん、ゆらりと空気《くうき》がゆれたような気がしました。

（ん？　この感覚《かんかく》って、あのときと同じだ。）

そう。ハロケン山のふもとの村《むら》で、スコップにまたがってナナカマドの木の間をぬけたとき……。

（ふうん。なんだか、ちょっとわかってきたみたい。ひょっとすると、ある種《しゅ》のナナカマドの木の間をくぐりぬけると、異世界《いせかい》にいけるんだわ。）

顔をあげて、むこう側《がわ》のようすを見た黒《くろ》ばらさんは、感嘆《かんたん》の声をあげました。

「これは、まあまあまあ！」

そこは、ちかちかと輝《かがや》く銀色《ぎんいろ》のイルミネーションにいろどられた目《め》くるめく世界《せかい》。

路地《ろじ》の両側《りようがわ》のブナの並木《なみき》は、まるでクリスマスの町並《まちな》みのように、イルミネーションでかざられていたのでした。並木の下には小さな露店《ろてん》がずらりとならび、店をのぞきこむ客《きやく》やいきかう人びとのさんざめきが、小鳥《ことり》のさえずりのようにおしよせてきました。細《ほそ》い路地の行く手には、やはりイルミネーションにかざられた十字路《じゆうじろ》がありました。

そこにつどっている人びとは、千差万別《せんさばんべつ》。

ほおずきの帽子《ぼうし》をかぶった小さな坊《ぼう》やがいるかと思えば、トンボやセミの羽《はね》のようなものをてんでに背中《せなか》につけている女の子たちのグループ。

ハリネズミのように背中がトゲトゲだらけの老人《ろうじん》やら、腰《こし》から下がヤギの男だの、ドングリと松《まつ》ぼっくりでできているとしか思えない老婦人《ろうふじん》などなど……。

まさに妖精《ようせい》の市場《いちば》でした。

ブナの幹《みき》をいろどって点々《てんてん》と青白く光っているイルミネーションは、近づくにつれ、羽《はね》をとじてとまっている蝶《ちよう》の群《む》れにも見えましたが、もっとよく見ると、それこそがツキヨタケなのでした。

「へえ。これがツキヨタケだったのね。こんなふうに立ち木に群《む》れになってはえているとは思わなかったわ。ほんとうにクリスマスの電飾《でんしよく》みたい！」

黒《くろ》ばらさんは手をのばして、そのひとつに触《ふ》れようとしたのですが、ツキヨタケは猛毒《もうどく》だということを思いだして、あわててその手をひっこめました。

ふりかえれば、スキデンユキデンは、むちゅうになって近くの露店《ろてん》をのぞきこんでいます。

ケケーロはどこへいったのか、すがたも見えません。

「さあ、こうしちゃいられないわ。なんとかここで、ひでくんの消息《しょうそく》をつかまなくちゃ。」

あわよくば、ばったりとはちあわせし、感激《かんげき》の再会《さいかい》ができることを心の底《そこ》からねがって、黒《くろ》ばらさんも、スコップを片手《かたて》にもったまま、きょろきょろと人ごみをさがして歩きました。

最初《さいしょ》にのぞきこんだお店《みせ》は、クルミや松《まつ》かさなどを無造作《むぞうさ》に台《だい》の上いっぱい、ならべています。

木《こ》の実《み》のお店かと思いきや、卵《たまご》の殻《から》やタンポポのへた、スミレの花《はな》やキノコのかさまで売っています。

「ここは、なにのお店かしら……。」

そうつぶやいたとき、さっき見たほおずきの帽子《ぼうし》をかぶった小さな坊《ぼう》やがやってきました。

坊やは、ひょいとかぶっていた帽子を取ると、クルミの殻《から》や松《まつ》かさを頭にのせてためしはじめました。

クルミの殻や松かさは、ふしぎなことに、坊やの頭にのったとたん、ぴったりの大きさになっておさまります。

「へーえ、これみんな妖精《ようせい》の帽子《ぼうし》だったのね。」

やはりミノムシの帽子《ぼうし》をかぶっている店番《みせばん》の老人《ろうじん》は、ナンテンの実《み》みたいな赤い小さな目をショボショボさせて、男の子のようすを見まもっています。

坊《ぼう》やが、卵《たまご》の殻《から》にしようか、キノコのかさにしようか、まよっているのを見て、

「キノコのかさのほうがにあうわよ。」

黒《くろ》ばらさんが声をかけると、老人《ろうじん》も、うんうんとうなずきます。

「ほんと?　じゃあ、こっちにするよ。」

妖精《ようせい》の坊《ぼう》やの声を背中《せなか》でききながら、黒ばらさんはつぎの店へ移動《いどう》しました。

となりの店では、背丈《せたけ》の低い一本の木の枝《えだ》に、蝶《ちょう》の羽《はね》、鳥の羽、トンボの羽、セミの羽とさまざまな羽だけがとまって、てんでにフルフルと羽をふるわせたり、とじたりひろげたりしていました。

店《みせ》の前には、羽《はね》をつけた女の子たちがむらがってはしゃぎながら、たがいに背中《せなか》の羽をとっかえひっかえつけては、かわるがわるとびはねて、飛《と》び心地《ごこち》をたしかめたりしていました。

こうした羽《はね》も、やはり、女の子の背中《せなか》についたとたん、それ相応《そうおう》の大きさになっておさまるのでした。

子どもたちの顔をひとりひとりたしかめて、黒《くろ》ばらさんはまたつぎの店へ……。

さまざまなコインやお札《さつ》をずらりとならべて売っているお店には、コインにまじって何枚《なんまい》かの木《こ》の葉《は》があたりまえのようにおいてありました。

「あの木の葉は、たぶんひっくりかえしたら、どこかの国《くに》のコインになるのよね。」

クモの巣《す》をはった大小の輪《わ》っかばかりを売っているお店もありました。

「これ、なにに使うの？」

黒《くろ》ばらさんがたずねると、イモムシそっくりの体をした店の主人《しゅじん》は、ぷかっとパイプの煙《けむり》をはきだしながらいいました。

「夢《ゆめ》つかみだよ。ドリームキャッチャー！　好《す》きな夢が見られるのさ。」

「ああ、それなら知っています。

よっぽど一個買《か》って帰ろうかと思ったのですが、まだまだこんなところでひっかかっている場合《ばあい》ではありません。いえいえ、やっぱり夢《ゆめ》よりは現金《げんきん》……どうせもどってくるのならコインの店のほうがいいかもしれません。

「あとでまたくるわ。」

そういいおいて、黒《くろ》ばらさんはつぎの店へ……。

「わーお！」

そこは、目もくらむような金銀宝石《きんぎんほうせき》の店。小さな店の台《だい》の上からこぼれおちそうに、宝飾品《ほうしょくひん》が、ジャラジャラと積《つ》みかさねてありました。

その宝石の間からチョロッと出てきて、またひっこんでいくひものようなもの。

よく見れば、ヤモリのしっぽではありませんか。

「あっ、ケケーロ！　早くもお目当《めあ》ての店を見つけたのね。」

ケケーロは、文字《もじ》どおり目がくらんでしまったのか、ただ、うっとりと宝石の間をいったりきたりしているのです。

黒《くろ》ばらさんが声をかけても知らんぷり。完全《かんぜん》に別世界《べつせかい》にいってしまっているようでした。

ふたりのドワーフも、店番《みせばん》そっちのけで一心不乱《いっしんふらん》に指輪《ゆびわ》や腕輪《うでわ》をみがいています。

10　きみょうな　ふたり連《づ》れ

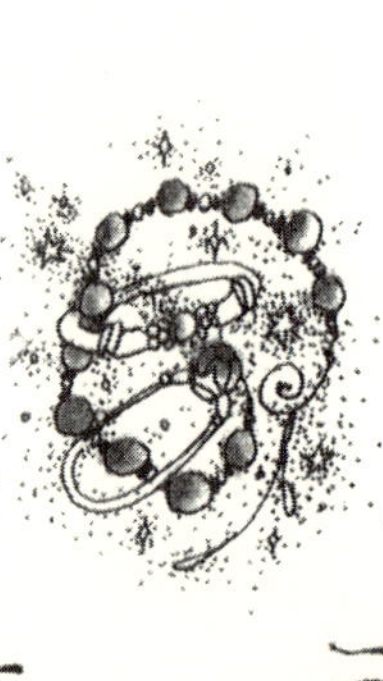

そのとき、女性《じょせい》のふたり連《づ》れが店《みせ》の前にやってきました。

「ほう！　さすがだねえ、ドワーフの細工物《さいくもの》は。さあ、とびっきりのティアラをさがそうじゃないか。」

年配《ねんぱい》の女性は目を輝《かがや》かせて、連《つ》れの少女にいいました。

頭にスカーフを巻《ま》き、チェックのストールを肩《かた》からかけたこの婦人《ふじん》は、異様《いよう》に大きな鼻《はな》と耳を持ち、枯《か》れ木《き》のような手足をしていました。

一方《いっぽう》、青《あお》いツリガネ草《そう》の帽子《ぼうし》をかぶった少女は、はっとするような美少女でした。

帽子の下からは、まっすぐな黒髪《くろかみ》が肩《かた》の上にたれています。着《き》ているものこそ、木《こ》の葉《は》や花びらをかさねた妖精《ようせい》のドレスでしたが、ふつうの服《ふく》を着ていれば、人間の世界《せかい》にいても違和感《いわかん》はないでしょう。もっとも、深《ふか》くかぶったツリガネ草の帽子をとったら、下からとがった耳が、にゅっとあらわれるかもしれませんが……。

母子というにはあまりにも容姿《ようし》がちがうので、かえって黒《くろ》ばらさんは興味《きょうみ》をひかれました。

年配《ねんぱい》の女は、枯《か》れ枝《えだ》のようにくろずんだ指《ゆび》で、宝飾品《ほうしょくひん》をひっくりかえしてはつぎつぎに手にとりますが、どれも気にいらないようです。ぽいぽいほうりだしては、もんくたらたらいっています。

「んもう！　この子が妖精王子《ようせいおうじ》にお輿入《こしい》れするってのに、こんなのしかないのかね。一世一代《いっせいいちだい》の嫁入《よめい》り衣装《いしょう》に合わせるんだよ。」

へえ。妖精王子にお輿入《こしい》れ？

黒《くろ》ばらさんは、あらためて少女の顔をながめました。

少女は長いまつげをふせたままで、金銀細工《きんぎんざいく》には目をくれようともしません。

（まあ、気がなさそうなこと。それとも恥《は》ずかしがっているのかな？）

そう思ったとき、少女はふと顔をあげて、チラッと黒ばらさんに目をはしらせ、ふうっとため息《いき》をつきました。一輪《いちりん》のカスミソウの花のように、可憐《かれん》で小さなため息《いき》でした。

けれども、黒《くろ》ばらさんは、そこに絶望《ぜつぼう》と悲《かな》しみのいりまじった万感《ばんかん》の思いがこめられているように感じられて、みょうに胸《むね》をつかれました。

（まるで、アリ地獄《じごく》に落ちこんだアリが、どうやってもはいあがることができない自分の運命《うんめい》をさとったときみたい……。それでなければ、モグラと結婚《けっこん》させられそうになっているおとぎ話《ばなし》の中のお姫《ひめ》さまか……。）

ひとりではりきっているのは、連《つ》れの女です。

「こんなのはどうだい？」

女が、ダイヤモンドきらきらのティアラを手にとりました。

少女は、ちらっとティアラに目をやって、どうでもよさそうにぽっそりとひと言《こと》……。

「それでいいわ。」

そして、だれかのすがたをさがしもとめるように、市場《いちば》のあちこちにすばやく目をはしらせました。そのようすに気づいたふうもなく、女は、ちょっとでも傷《きず》があったら値切《ねぎ》ってやろうと思ってか、ためつすがめつ、ティアラをながめています。

「ふん。細工《さいく》は申《もう》し分《ぶん》ないね。ちょっとかぶってみるかい？　帽子《ぼうし》を取ってご

らん。」

と、少女の帽子《ぼうし》に手をかけます。

(おっ！　帽子を取るぞ。はたしてどんな耳があらわれるかな？)

黒《くろ》ばらさんは期待《きたい》に胸《むね》をはずませたのですが、とつぜん、思わぬじゃまがはいりました。

「あんたの娘《むすめ》さんに、とっておきの秘薬《ひやく》があるんだフガ。お輿入《こしい》れには欠《か》かせない必需品《ひつじゅひん》だよ。ティアラなんか、あとあとフガフガ！」

強引《ごういん》に女の手をとって、別《べつ》の店につれていこうとしているのは、見たことのあるエプロンすがた。なんと、ザワブルンの城《しろ》であったエプロンすがたの魔女《まじょ》ではありませんか。

(やっぱり、あっちの〈時〉にこれたんだわ。)

黒ばらさんは、内心《ないしん》、やった！　と思いました。

「ちょっとちょっと！　どこへつれていくんだよ。」

「あたしの店さ。早くこないと、フガガ、売《う》り切《き》れだよ。」

そして、女の耳になにごとか、ひそひそひそひそ。

「え、ほんとかね。そんな秘薬《ひやく》があるのかね。ひひひ。それなら、あの妖精王子《ようせいおうじ》も、うちの娘《むすめ》にイチコロさ。ちょっと待《ま》ってな。」

どうやら、ティアラどころじゃなくなったようです。

女は、少女にそういいおくと、とびはねるように、エプロン魔女《まじょ》といっしょにいってしまいました。

しかし、去《さ》りぎわ、エプロン魔女《まじょ》が少女のほうをふりかえって、意味ありげにウインクすると、「さあ、早く早く！」というように手を振《ふ》ったのを、黒《くろ》ばらさんは見のがしませんでした。

少女は、女が背《せ》をむけたとたん、風のように身《み》をひるがえして、走りさりました。

「え？　え？　どうなってるの？」

黒《くろ》ばらさんはあっけにとられて、少女の行方《ゆくえ》を目で追いました。

少女が走っていくさきを見れば、十字路《じゅうじろ》のあたりに若《わか》い男がひとり。待《ま》ちかねたように、かけつけてきた少女の手をとると、十字路をまがってすがたを消《け》しました。

「なーるほど。あの女の子は、妖精王子《ようせいおうじ》との結婚《けっこん》に気がのらないわけだわ。好《す》きな男がいるんじゃねえ。」

それにしても、妖精の世界《せかい》でも、こと、愛《あい》だの恋《こい》だのにかんしては人間模様《にんげんもよう》とおなじなんだなあと、黒《くろ》ばらさんはみょうに感心《かんしん》してしまいました。

「でも、あの枯《か》れ木《き》おばさんがすぐ気がつくだろうに。」

よけいなおせわと知りながら、黒《くろ》ばらさんはやきもきしました。

案《あん》の定《じょう》、枯れ木女はふりむいて、少女がいなくなったのに気がつくと、

「あっ、こんちくしょう！　わずかのすきに……。待《ま》て！　おまえの行く先はわかってるんだ！　逃《に》げられやしないんだ！　待たないとひどいおしおきだよ！」

口ぎたなくののしりながら、スカートをたくしあげて、黒ばらさんの前を走りさっていきました。

「あれまあ、とんだ修羅場《しゅらば》だこと。だいじょうぶかしら、あの女の子は……。」

つぶやきながら、黒ばらさんが、女のすがたを見おくっていると、

「あれでいいのさ。フガ。どうせこの世界《せかい》から逃《に》げられやしないとしてもフガ、ちょっとでも、あの女の目のとどかない場所でふたりきりにさせてあげたかったのさフガフガ。」

いつのまにかそばにきていた、さっきのエプロン魔女《まじょ》がいいました。

「あーら、あなたってずいぶんいい人だったのね。エプロン魔女さん。」

「あんたとこんなところでまたあえるなんて思わなかったフガ。あたしゃ、妖精市《ようせいいち》の許可証《きょかしょう》を手にいれるのに、フガフガ、ずいぶん苦労《くろう》したってのにさ。そうだフガ。

あんた、あのあと、ちゃんとベッドで寝《ね》られたかね？」

あのとき、黒《くろ》ばらさんが、「今夜《こんや》はちゃんとベッドで眠《ねむ》りたい気分《きぶん》なの」といった言葉《ことば》をまだおぼえていて、皮肉《ひにく》たっぷりにききました。

「う、まあね。あの晩《ばん》は、ノームのベッドを三つ借《か》りて寝たわよ。ゆうべは森《もり》の木のうろで仮眠《かみん》しただけだけどね。ところで、あのふたり連《づ》れはなんの騒《さわ》ぎなの？母と子というには、あまりに似《に》ても似つかないじゃないの。」

「ききたいかねフガ？　じゃあ、あたしのお店《みせ》においでフガ。店番《みせばん》しながらたっぷりときかせてやるよフガ。」

エプロン魔女《まじょ》は、黒《くろ》ばらさんを自分の店へひっぱっていきました。

彼女《かのじょ》のお店では、大きなスカーフをひろげた上に、ぎっしりと大小色とりどりのびんがならべてありました。

「へえ。トリカブトのお酒《さけ》でも売ってるの？」

黒《くろ》ばらさんは、興味《きょうみ》をそそられました。

「フガフガ。おのぞみの幻覚《げんかく》を見られる酒《さけ》、ねらった相手《あいて》は必殺《ひっさつ》イチコロの媚薬《びやく》、やせ薬《ぐすり》、太り薬、髪《かみ》のはえる薬・ぬける薬、おのぞみの目の色・肌《はだ》の色にかわる薬、なんでもありさフガ。なにかほしいものがあったら、とっときなよ。フガ。まあ、あんたは、ザワブルンの領主《りょうしゅ》の娘《むすめ》の命《いのち》をすくってくれたんでフガ。あたしからのほんの感謝《かんしゃ》の気持ちさ。ただし、効《き》き目《め》がなくてもフガ、もんくなしだよ。」

「ありがとう。でも、いまほしいのは物じゃないのよ、残念《ざんねん》ながら……。」

「ふん！　まーたフガ、生意気《なまいき》なことをいう。」

「それよりさっきの女の子、どうせこの世界《せかい》から逃《に》げられないっていってたけど、どういうこと？」

「あの子がフガ、あの女の子どもに見えるかね？」

「見えない。」

「だろフガ？　どう見ても、ありゃ、どっかからさらってきた人間の女の子だフガ。」

「やっぱり……。」

「あの女は腹黒《はらぐろ》いからフガ、あの子が妖精王子《ようせいおうじ》に気にいられたのをさいわい、ひともうけをたくらんでるんだフガ。ところが、あの子には相思相愛《そうしそうあい》の若者《わかもの》がいたってわけさ。フッガッガ。」

「やっぱり……。」

「なんだいフガ。かわいくないね、やっぱりやっぱりって、フガガ、なんでも知っ

たかぶっちゃってさ。」

エプロン魔女《まじょ》は、またもやムカッとしたようです。

「で？　で？　その若者《わかもの》ってのはどんな子なの？　いい男？」

「まあ、フガー、あたしから見れば、べつにどうってことないフガ。でも、やっぱ、人間どうしだから、たがいにひきあうものがあるんだろうフガ。」

「えーっ？　そ、その子って、人間の男の子なの？」

黒《くろ》ばらさんの胸《むね》の中で、なにかがとびはねました。

「おせーて、おせーて！　なんて名前なの？」

「名前フガ？　あたしたちはみんな、

フガガ、タムタムリンてよんでるよ。」

「タムタムリン？　どっかできいたことあるなあ。それ、本名《ほんみょう》？」

「んなわけないだろフガ。タムタムリンたら、あんたフガ、伝説《でんせつ》の妖精騎士《ようせいきし》の名前だもの。」

「そうか。どうりでどっかできいた名前だと思ったわ。でも、ひょっとするとひょっとすることもありうるから……。こうしちゃいられないわ。」

黒《くろ》ばらさんは、すっくと立ちあがりました。

「な、なにいってるんだかフガ、わけわかんないよ。どこへいくんだフガ？」

「もしかして、あたしのさがしてる男の子かもしれないのよ。」

そう、それこそひでくんにちがいない……。いまや黒ばらさんは確信《かくしん》していました。

♪ジャーン　ジャジャジャジャジャ　ジャンジャン！
ジャジャジャジャ　ジャンジャン！
黒《くろ》ばらさんの耳の中では、「天国《てんごく》と地獄《じごく》」の音楽が鳴《な》りひびきました。
しかし、さしあたっては黒ばらさんのために胸《むね》を鼓舞《こぶ》するような音楽をかなでてくれる人もいないので、自分でハミングしながら、走りました、走りました、ツリガネ草《そう》の帽子《ぼうし》をかぶった少女と若者《わかもの》が、まがって消《き》えた十字路《じゅうじろ》にむかって……。

しかし、とちゅうで、キキキーッと急《きゅう》ブレーキ！

なぜなら、こちらにひきかえしてくる枯《か》れ木女《きおんな》と少女にであったのです。

女は、少女の腕《うで》をぎゅうっとねじあげたまま、憎《にく》にくしげに耳もとでわめいていました。

「こんどこんなことをしてみな。パフ女王《じょおう》にいいつけて、おまえにもタムタムリンにも、忘《わす》れ川《がわ》の水を飲《の》ませてもらうからね。」

「そ、それだけはやめて……。」

「いいかい。おまえは、妖精王子《ようせいおうじ》のところに輿入《こしい》れするんだよ。妖精王子の何番目《なんばんめ》の花嫁《はなよめ》かなんてことは、おまえの知ったコッチャないんだ。おまえはただ、この秘《ひ》薬《やく》さえ飲《の》めばいいんだ。そうすりゃ、王子はおまえのとりこだ。ほかの女なんかにゃ目もくれなくなる。」

女は、ふところから、小さな青いびんをとりだしました。

（あーあ、かわいそうに。あの子はもうのがれられそうもないねえ。）

あの少女をすくってあげたいのはやまやまでしたけれど、黒《くろ》ばらさんにはそれよりまえにやらなければならない仕事《しごと》があるのです。

(早くしないと、またもやあの若者《わかもの》をとりにがしちゃう……。)

けれども十字路《じゅうじろ》にいきついたときには、すでにどこにもさっきの若者のすがたはありませんでした。

「くくっ、おそかったか……。」

でも、まだあきらめるわけにはいきません。

この市《いち》のどこかに、きっとまだ、ひでくんはいそうな気がするのです。

黒《くろ》ばらさんは、視界《しかい》にはいるものをなにひとつ見のがすまいと目をこらしました。

月はすでに中空《ちゅうくう》をいきすぎて、森《もり》のかなたへまわりこんでいます。

夜が明けてしまえば、この市もあとかたもなくすがたを消《け》すのでしょうか。そう。ザワブルンの城《しろ》の前で、妖精《ようせい》たちがあっというまにすがたを消してしまったように……。

「そのまえに、そのまえに、なんとしてでもあの若者《わかもの》を見つけなければ……。」

それにしてもあのふたり、スキデンユキデンとケケーロは、どこでなにをしているのでしょう。

「ケケーロは、おおかたまだドワーフの店にいるんだろうけど、スキデンユキデンはどこいっちゃったんだろう。こんなとき、手分《てわ》けしてさがしてくれればたすかるのに……。まったくもう！」

腹《はら》を立てながら、黒《くろ》ばらさんは、妖精《ようせい》の市《いち》の十字路《じゅうじろ》をあっちへいったり、こっちへきたり……。

そのときでした。

さっき、すれちがった枯《か》れ木女《きおんな》が、少女の手をひいたまま、なにやら血相《けっそう》をかえてこちらへ走ってくるのです。うしろをふりかえりふりかえり、まるでだれかに追われているかのようでした。

「あっ、ちょっと、お嬢《じょう》ちゃん。」

すれちがいざま声をかけると、少女は黒《くろ》ばらさんのことをおぼえていたらしく、あっというように目を見ひらきました。

「あなたがさっきあっていた若者《わかもの》を、あたしもさがしているの。どこにいるか知らないかしら。」

早口《はやくち》にたずねると、少女はなにかいいたげに口をひらきました。

しかし、枯《か》れ木女《きおんな》にぐいとひきたてられて、そのままいってしまいました。

そのうしろから、足をひきずりながらふたりを追ってくる男……。

「あの男《おとこ》は……！」

それこそ、昼間《ひるま》、ダペスト村《むら》の風車小屋《ふうしゃごや》にいた気味《きみ》のわるい男《おとこ》ではありませんか。

「あらら、いったい、どうなっちゃってるの？　あいつはなにしにここへきたのかしら。」

黒《くろ》ばらさんは、そばの並木《なみき》のかげについと身《み》をかくし、ようすを見まもりました。

「おっかあ……。おっかあ……。よう……おいらのおっかあよう……。」

風車小屋《ふうしゃごや》の男がつぶやく言葉《ことば》は、そんなふうにききとれました。

「え？　あの男、母親《ははおや》をさがしている……？」

そういえば……。あの枯《か》れ木女《きおんな》、どこかあの風車小屋の男に似《に》ているような気もします。

いいえ、どっちが親子《おやこ》かときかれれば、だんぜん、あのふたりでしょう。

え、まさか……？

黒《くろ》ばらさんの頭の中で、なにかがぐらりと音をたててひっくりかえりました。

（こ、これはどういうこと？　なにかがわかりかけてきたような気がする。）

足をひきずりながら枯《か》れ木女《きおんな》を追いかけていく男を見おくったまま、黒ばらさんは頭をかかえて立ちつくしました。

11

妖精女王《ようせいじょおう》との契約《けいやく》

そのころ、ヤモリのケケーロは、ドワーフの屋台《やたい》に山積《やまづ》みにされた金銀宝石《きんぎんほうせき》の間《あいだ》を、ただただはいずりまわっていました。文字《もじ》どおり目がくらんでしまったのです。

店番《みせばん》をしているふたりのドワーフは、ケケーロが長いしっぽをひきずりながらうろちょろしていても気《き》にとめるふうもなく、宝石みがきにむちゅうでした。

ふたりはときおりひそひそとききなれない言葉《ことば》で会話《かいわ》をかわしていましたが、ケケーロにはひと言《こと》もききとれません。

「ケケー！　マブシー！　金の指輪《ゆびわ》だ、クエー！」

ケケーロは、ひときわまぶしい光をはなつ金の指輪にほおずりしようと頭をよせたつもりが、するりと頭をつっこんでしまいました。

指輪《ゆびわ》はちょうど首の位置《いち》に、ぴったりとおさまりました。

「クワー！　あっしにぴったり！」

こうなったら、この指輪、なんとしてでももらっていこうと、ドワーフのほうをふりむいたケケーロは、ドキッ。

とつぜん、ドワーフたちの会話《かいわ》がはっきりと耳にとびこんできたからです。

「どうだね？　あの、タムタムリンはパフ女王《じよおう》との契約《けいやく》をまもりきれるかね？」

はげ頭《あたま》の爺《じい》さんドワーフがいえば、ぼさぼさ白髪《しらが》頭のドワーフは、鼻《はな》で笑《わら》いながら返しました。

「ふふん！　無理《むり》だね。賭《か》けてもいいぜ。ツリガネ草《そう》とタムタムリンは恋仲《こいなか》だ。ふたりがいつまでも口をきかないでいられるかね。そのうえ、さっきも見なれない婆《ばあ》さんが目の色かえて、だれかをさがしまわっていたじゃないか。あれは、タムタムリンをさがしていたにちげえねえ。」

「ああ、あの紫《むらさき》頭《あたま》に黒《くろ》マントの婆《ばあ》さんかね。」

（クエー？　紫頭に黒マントの婆さんたら、うちのセンセーのことじゃないケー？）

気になったケケーロは、指輪《ゆびわ》から頭をひっこぬいてきき耳《みみ》をたてました。

するとたんに、ドワーフの会話《かいわ》はさっきとおなじ、意味のわからない言葉《ことば》になりました。

「ケケケのクエ？　ひょっとすると、この指輪《ゆびわ》のせいッケ？」

ケケーロは、また指輪に頭をつっこみました。

案《あん》の定《じょう》です。ドワーフたちの会話は、また、はっきりときさとれます。

「じゃあ、賭《か》けるかね？　しずむ夕日が妖精《ようせい》の城門《じょうもん》の鍵《かぎ》をあけるまで、あの若者《わかもの》が女王《じょおう》との契約《けいやく》をまもれたらだな、わしがいまみがいている、このとびきりでかい黒ダイヤをおまえさんにあげようじゃないか。」

「ほ、ほんとかね！　それじゃあ、わしゃ、なんとかあいつが契約をまもれるよう、てつだわなくちゃのう。」

「だめだーめ！　手を貸《か》しっこなしじゃ。そのかわり、あいつが女王との契約をまもれずに、だれかと口をきいてしまったら、おまえさんはなにくれる？」

「そんときゃ、おらっちの家宝《かほう》の金のゴブレットをやるでよ。」

「きまった！　こりゃ、見《み》ものだ。しずむ夕日が城《しろ》の門《もん》の鍵《かぎ》にさしこむまでは、タムタムリンから目がはなせないぞ。」

「なーに。見はってなくても、いずれ、わかるこった。あいつが契約《けいやく》をまもれなかったら、永久《えいきゅう》に女王《じょおう》の奴隷《どれい》になるんだからな。」

「そうだな。契約《けいやく》をまもりきれれば、あのツリガネ草《そう》といっしょに人間界《にんげんかい》にもどれるんだものな。」

「そういうこと。それまで勝負《しょうぶ》はおあずけだ。うっへっへ。」

そこで会話《かいわ》はとぎれ、ふたりのドワーフは、また、宝石《ほうせき》みがきに没頭《ぼっとう》しました。

ケケーロは首をかしげて考えました。

いまのふたりの会話がどういうことなのかは、さっぱりわかりません。

「でも、センセーに教えたほうがいいよーな気がするッケヨー。どーこ、いっちまったんだ、あのセンセーはヨー。」

ケケーロが、ドワーフの店の外を見まわしたとき、赤い小さなとんがり帽子《ぼうし》が、あちこちきょろきょろしながら、通りをかけぬけていくのが見えました。

ノームの子ども、スキデンユキデンです。

「クエー！　あいつだ。ちびの赤帽《あかぼう》だ！　待《ま》ってクエーイ！　クエー！　こんなとき、もともとのからすのすがただったら、ひとっとびなのに、クソー！」

ケケーロは屋台《やたい》の上からとびおりると、ひっしで地面《じめん》の上をはいずって、ノームの子どものあとを追いました。

スキデンユキデンがきょろきょろさがしていたのは、けっしてひでくんではありません。

じつをいうと、買《か》い物《もの》にきていた妖精《ようせい》の少女をひと目見たとたん、ポーっとのぼせあがってしまったのです。ツリガネ草《そう》の帽子《ぼうし》をかぶった少女でした。

少女は、スカートの裾《すそ》をひるがえして、どこかへ走っていくところでした。

(ウキキー！　おいら好《ごの》みのかわいい子！)

スキデンユキデンが、ぼーっと女の子のうしろすがたを見おくっていると、はらりとツリガネ草の帽子がとんで落ちました。

「あっ、帽子《ぼうし》が！」

いうより早く、スキデンユキデンは風のようにかけだして帽子をひろいあげ、女の子に追いつきました。

「帽子《ぼうし》、落としたよ～！」

すると、女の子はふりかえり、スキデンユキデンの手から、さっと帽子をひったくり、また走りだしました。

(あれれ？　そのままいっちゃうのか。)

そう思ったとき、女の子は立ちどまってふりかえり、ハーハー、息《いき》をつぎながらいったのです。

「ありがとう。ごめんなさい。いま、ちょっといそいでるので……。」

うすくそばかすの散《ち》らばった鼻《はな》の頭に汗《あせ》をかいていました。

それを見たスキデンユキデンは、感動《かんどう》しました。

「へーえ。妖精《ようせい》の女の子でも、鼻の頭に汗をかいたりするんだ。まるで人間の女の子みたいだなあ。」

女の子はふたたび走りだし、あっというまにまがり角《かど》に消《き》えていきました。

「うわ、もうどっかへいっちゃったよ。おいら、あの子ともっとお話したいな。ねえ、待《ま》ってよ、待ってよ。」

スキデンユキデンは、旅《たび》の目的《もくてき》などころっとわすれて、あっちへうろうろ。こっちへちょろちょろ。少女のすがたを追《お》いもとめていたときに、ケケーロとはちあわせしたのです。


ケケーロの話をきいたスキデンユキデンは、とびあがりました。

のぼせあがった頭に、いきなり冷水《れいすい》をかけられたような気がしました。

「ウキ！　そうだった。おいらたち、ひでくんをさがしにきてたんだよね。ひょっとして、その若者《わかもの》、人間だっていうなら、それがひでくんだよ。ぜったいそうだよ。で、でも、たいへんだい！　だって、もしも黒《くろ》ばらさんが知らずに話しかけて、うっかり口をきいちゃったら、永久《えいきゅう》に妖精《ようせい》の女王《じょおう》の奴隷《どれい》にされちゃうんじゃない。」

「クエー！　そういうことだと思ったから、こうして追っかけてきたっケヨー。」

ケケーロは、自分はかしこいつもりでした。なにしろ、からすといえば、人間を敵《てき》にまわしたごみ戦争《せんそう》でもけっして敗北《はいぼく》したりしないのですから。

いまはこうしてヤモリのすがたをしていますが、こんなちびの赤帽《あかぼう》にバカにされてはいかんと、せいいっぱい背《せ》のびしていいました。

「いそいで、黒《くろ》ばらさんをさがさなきゃ！」

あたりを見まわしたケケーロは、叫《さけ》びました。

「クエー！　あんなとこに、ボケーッとつったってる！」

ケケーロの視線《しせん》のさきには、妖精《ようせい》の市《いち》のまん中で、なにやら考えごとをしているようすで、黒ばらさんが、立ちすくんでいます。

「よっしゃ！　おいら、つかまえる。」

いうなり、スキデンユキデンは、ふたたび風のようにかけだしました。

＊

黒《くろ》ばらさんは、風車小屋《ふうしゃごや》にいた気味《きみ》のわるい男が、枯《か》れ木女《きおんな》のあとを追って雑踏《ざっとう》の中へ消《き》えていくのを目で追いながら、ぼんやりと立ちつくしていました。

「おっかあよー。おいらのおっかあよー。」

男は、たしかにそんなふうにつぶやいていました。

「え？　あの枯れ木女があの男の母親《ははおや》？　ってことは……ひょっとして……。もしかして……。」

黒《くろ》ばらさんの頭にひらめいたある思いは、稲妻《いなずま》のように全身《ぜんしん》をつらぬきました。

（ひょっとしてあの男が、ほんとうに妖精《ようせい》のとりかえっ子だとしたら……？　そして、あの風車小屋《ふうしゃごや》にいた赤《あか》ん坊《ぼう》を、かわりに妖精がつれていったのだとしたら……？）

だとしたら、あの枯《か》れ木女《きおんな》につれられている少女こそが黒ばらさんの娘《むすめ》……？

黒《くろ》ばらさんの全身《ぜんしん》に、ぞぞーっと鳥肌《とりはだ》がたちました。

「うそ！　まさか！　いくらなんでも年代《ねんだい》が合わないじゃないの。」

黒ばらさんが、わけあって生まれたばかりの赤《あか》ん坊《ぼう》を風車小屋《ふうしゃごや》の夫婦《ふうふ》にあずけたのは、もう百年もまえです。それは、ハロケン山にある魔法学校《まほうがっこう》にはいる直前《ちょくぜん》のことでした。

たとえ、生きていたとしてもかなりの老婆《ろうば》のはず……。しかも、ここははるかむかしの異世界《いせかい》のはずでしたから……。

でも、でも、そういえば……黒《くろ》ばらさんの胸《むね》の奥《おく》では、不気味《ぶきみ》なドラムの音がひびきはじめました。

あの青いツリガネ草《そう》の帽子《ぼうし》をかぶった少女は、髪《かみ》の毛こそまっすぐな黒髪《くろかみ》でしたが、瞳《ひとみ》の色は青みがかった灰《はい》の色。それこそまさに父親《ちちおや》ゆずり……。とっくにわすれていたはずの、その男の顔がうかんできて、黒《くろ》ばらさんは、ブルルと首を振《ふ》りました。

初恋《はつこい》の男でした。

はじめてあったのは、その男が、ヨーロッパの小国《しょうこく》から文明開化《ぶんめいかいか》まもない日本に公使《こうし》として赴任《ふにん》していたときです。

最後《さいご》にあったのは、国に帰ったその男を追って、はるばる日本から、男の屋敷《やしき》をたずねあてていったときでした。おなかには、その男の赤《あか》ちゃんがいたからです。

ようやく再会《さいかい》できたのもつかのま、男はつめたい青灰色の瞳《ひとみ》で、じっと黒《くろ》ばらさんを見つめながら、「あなたにはあったこともない」といいはなちました。わきには、男の奥《おく》さんらしい女性《じょせい》がよりそっていました。

「こんなところで、思いだしたくもないことを思いだすなんて……。なんだか、へなへなと気がぬけた……。」

全身《ぜんしん》が砂《すな》になって、地面《じめん》にすべりおちていくような気がしました。

ここが妖精《ようせい》の市場《いちば》でなかったら、黒《くろ》ばらさんはとりあえず、よろよろとベッドにたおれこみ、布団《ふとん》をひっかぶって寝《ね》てしまうところでしょう。

しかし、ここは妖精の市。いきから妖精たちの袖《そで》やひじが触《ふ》れあうほどのにぎわいです。

気をとりなおして、あたりを見まわした黒ばらさんは、はっとしました。

ツキヨタケのイルミネーションでかざられたブナの幹《みき》のうしろから、そっとこちらをうかがっているだれかと目が合ったのです。

そのとたん、そのだれかは、さっと顔《かお》をひっこめました。

人間の若者《わかもの》の顔でした。

「あれは!」

黒《くろ》ばらさんは、そちらにむかってかけだしました。

十何年《なんねん》もあってはいませんが、いまのがひでくんだと、黒《くろ》ばらさんは直感《ちょっかん》しました。

「ひでくん！　ひでくんでしょ？」

黒《くろ》ばらさんは、なりふりかまわずに大声《おおごえ》をあげました。

その声はたしかにとどいたはず。

ところが、その若者《わかもの》はくるりと背《せ》をむけて、とっとと逃《に》げていくではありませんか。

「待《ま》って！　あたしよ。黒ばらよ。」

こんどこそは、つかまえなくちゃ。

文字《もじ》どおり、こけつまろびつしながら、黒《くろ》ばらさんは追いかけました。

若者《わかもの》はちらりと横顔《よこがお》を見せてふりむき、黒ばらさんがまだ追いかけてくると知って、足をはやめました。

「だれか！　だれか！　つかまえて！　その人をつかまえて！」

あたりの妖精《ようせい》たちが何人か、おどろいたようにふりむきました。

が、いっしょになってかけだしてくれる者《もの》はいません。

「んもう！　つめたいんだから。待《ま》って！　待ってよー！」

黒《くろ》ばらさんは金切《かなき》り声《ごえ》で叫《さけ》びながら、ひっしで走りました。

ところが、ふいになにかにつまずいて、ズッテンドー！

みごとに、こけてしまいました。

旅《たび》だちのまえに道でこけてくじいたくるぶしの痛《いた》みを、ようやくわすれかけていたというのに、またもや、ズッキーン！

「あいたー！　いたたた！」

黒《くろ》ばらさんは泣《な》きべそをかいて、道のまん中にすわりこみました。

すると、黒ばらさんの足もとからぴょこっと立ちあがったのは、ノームの子どもスキデンユキデン。

「チッチッチッチ！　おいらが足払《あしばら》いくわせたのさ。オバサン、逃《に》げる男を深追《ふかお》いしちゃいけないよ。」

いっちょまえに人《ひと》さし指《ゆび》をメトロノームみたいに振《ふ》りながらお説教《せっきょう》です。

黒《くろ》ばらさんは、クアーッと頭にきました。

「いったい、あんた、なに考えてるのよ！」

ふりむけば、すでにあの若者《わかもの》は視界《しかい》から消《き》えうせていました。

そればかりではありません。

白《しら》じらとした朝の光につつまれて、さっきまでの妖精《ようせい》の市《いち》のにぎわいは、みごとに消《き》えうせていました。

市場《いちば》をひきたてていたツキヨタケのイルミネーションも、いまは銀箔《ぎんぱく》のはがれおちた、まがいもののブローチのようにブナの幹《みき》にしがみついているだけでした。

「あーあ。ほんとにもう！　せっかくもうちょっとでつかまえられたのにぃ！　どうしてくれるのよ！」

烈火《れっか》のごとく怒《いか》りくるう黒《くろ》ばらさんを前にして、スキデンユキデンはおちつきはらっていいました。

「おいら、わざと逃《に》がしてやったんだい。」

「な、なんですって？」

「そりゃ、こんなところでオバサンにとっつかまったら、あの若《わか》い衆《しゅ》のせっかくの苦労《くろう》が水の泡《あわ》だしぃ。」

「え？　どういうこと？」

きょとんとする黒《くろ》ばらさんのうしろから、ききなれた声がしました。

「クエー！　やっと追いついたクエー！　ハーハー、ゼーゼー！」

やっとのことで、ここまではいずってきたのでしょう。ヤモリのケケーロが、舌《した》をちょろちょろだしながらいいました。

首にしっかりと金の指輪《ゆびわ》をはめているのを見て、黒《くろ》ばらさんはまたもや頭にきていいました。

「なにいってんのよ。あたしがあちこちかけずりまわって、ひでくんをさがしているあいだに、あんた、ドワーフのお店《みせ》に入りびたってたんじゃないの。」

するとケケーロもスキデンユキデンも、そろって口をとがらせてブーイング。

「そ、それどころじゃないんだよ、オバサン。」

「あっしゃ、ドワーフから、あのアンチャンがパフ女王《じょおう》とむすんだ契約《けいやく》のことをきいて、クエー！　こーりゃテーヘンだってんで、センセーをさがしまわってたんで、クエー！」

ケケーロがえらそうにいうと、スキデンユキデンがますます口をとがらせました。

「なんだい。ケケーロは、ほんとはわかっちゃいなかったくせに。とにかく、いま、オバサンがあのアンチャンをとっつかまえて、根《ね》ほり葉《は》ほりききだしたりしたら、女王《じょおう》さまとの契約《けいやく》がパーになっちゃうんだい。」

「え、どういうこと？　ああ、……あたし、こうしちゃいられない気分《きぶん》。ひでくんもそうだけど、あの、枯《か》れ木女《きおんな》がつれていた女の子。あの子のことも気になるの。

ひょっとするとひょっとするかもしれないんだから……。ああ、ああ。どうしたらいいんだろう。」

がらにもなくパニック状態《じょうたい》の黒《くろ》ばらさんが、そわそわと立ちあがって、やみくもにかけだそうとすると、またもや、スキデンユキデンがその足にしがみついてひきたおしました。

「んもう！　ひどいじゃないの。年寄《としよ》りはいたわるものよ。」

「どうしたのさ。いつものオバサンとちがう。」

「センセー！　あっしらの話をチャーンときいてクエーケッケッケ！」

「わかったわ。なんか知らないけどワケありのようだから、きこうじゃないの。」

ノームの子どもとヤモリのケケーロは、黒《くろ》ばらさんを、ブナの木の根《ね》もとの手ごろな切《き》り株《かぶ》にこしかけさせました。

そのとき、上方《じょうほう》からけたたましい鳥の鳴《な》き声《ごえ》がきこえてきました。

見あげると、フラミンゴのような色をした大きな鳥が翼《つばさ》をふりながら、どこかへとびさっていくところでした。

12 タムタムリンと ツリガネ草《そう》

「ごめん、黒《くろ》ばらさん。黒ばらさんと知りながら、逃《に》げなきゃならないぼくをゆるしてほしい。いつかきっとわけを話せる日がくると思うから……。」

そう。晴《は》れて黒ばらさんとだきあい、再会《さいかい》をよろこぶ日はきっとくるはず……。

ひでくんは、ひっしで走って逃げながら、胸《むね》の中ではひたすら黒ばらさんにゆるしをこうていました。

黒《くろ》ばらさんのきもいりで魔法《まほう》学校に入学《にゅうがく》したひでくんの、すべりだしは上々《じょうじょう》でした。

もともと魔法《まほう》の才能《さいのう》があったのですから、十年もたたないうちに、変身術《へんしんじゅつ》や飛《ひ》行術《こうじゅつ》はマスターしてしまいました。

しかし、もうひとつ、生まれながらにひでくんにそなわっていたのは、〈時《とき》〉をあやつる才能《さいのう》です。

はじめて黒《くろ》ばらさんとであったばかりの少年だったころ、すんでのところで車にひかれそうになったことがありました。間一髪《かんいっぱつ》で、身《み》をひるがえして逃《に》げたのですが、たまたまいあわせた黒ばらさんには、まばたきするほどの一瞬《いっしゅん》、車が動きをとめたのがはっきりと見えました。

つまり、無意識《むいしき》のうちに、ひでくんが〈時〉をとめていたのでした。

魔法《まほう》学校では、当然《とうぜん》、その才能《さいのう》を見いだされ、さらにみがきをかけることになりました。

一瞬《いっしゅん》だけなら、身《み》の危険《きけん》を感じるほどの大事《だいじ》でなくとも、意識《いしき》して〈時〉をとめることは、できるようになりました。

さらに何年かすると、〈時〉の速度《そくど》をはやめたりおくらせたりすることもできるようになりました。

そうなると、ひでくんの野望《やぼう》はふくらみました。

自分自身《じぶんじしん》が、〈時《とき》〉をいったりきたりできるようになりたいと、強くねがうようになったのです。

そんな魔法使《まほうつか》いは、過去《かこ》にもかぞえるほどですが存在《そんざい》したようです。ただ、ほとんどが、〈いったきり〉になってもどらないため、危険技《きけんわざ》として魔法学校でも封印《ふういん》されてきたのです。

でも、ひでくんは、〈時〉への挑戦《ちょうせん》をやめませんでした。なぜなら、〈時〉の秘《ひ》密《みつ》がすこうしわかりかけてきたときだったからです。

時間の流れは矢《や》のようにまっすぐではなく、らせん状《じょう》になっています。なにかのはずみで、そのらせんがバウンドし、輪《わ》と輪の間隔《かんかく》がひじょうにせまくなることがあります。そのとき、となりのらせんにとびうつれば、大きく時間をとびこえることができるのです。

ひでくんは、教官《きょうかん》の目をぬすんで、ときどき、〈時の魔法《ときのまほう》〉をためしていました。そして、あるとき、ツリガネ草《そう》の帽子《ぼうし》をかぶった少女とであい、恋《こい》におちたのです。

少女の母親《ははおや》は、枯《か》れ木《き》のような手足をした妖精《ようせい》で、妖精の女王《じょおう》につかえる雑用《ざつよう》係《がかり》のようなことをしていました。

娘《むすめ》が、自分には似《に》ても似つかない美少女なのがたいそうなじまんでしたから、首《しゅ》尾《び》よく妖精王子《ようせいおうじ》の目にとまって輿入《こしい》れすることがきまったときは、有頂天《うちょうてん》になりました。

そんなわけですから、ひでくんの出現《しゅつげん》は計算外のできごと。なんとかじゃまものを消《け》してもらおうと、妖精女王《じょおう》に、あることないこと告《つ》げ口《ぐち》し、ひっとらえてもらったのです。

なんといっても、ひでくんの〈時《とき》の魔法《まほう》〉は未完成《みかんせい》。女王の持つ強力《きょうりょく》な〈時の魔法〉に太刀打《たちう》ちできるはずもありません。

ところが、またもや、枯《か》れ木女《きおんな》にとって計算外のできごとがおきました。妖精女王《ようせいじょおう》は、このどこからきたのかもわからない若者《わかもの》にいたく興味《きょうみ》をしめし、自分の奴隷《どれい》のひとりにしようとしたのです。

女王は、その気になればどんな男も自分のとりこにすることができましたが、この若者だけは、なかなか意《い》のままになりません。

しかし、そんな若者の抵抗《ていこう》が、かえって女王の征服欲《せいふくよく》を刺激《しげき》したのでしょう。

ネコがネズミをさんざんいたぶったあと殺《ころ》してたいらげるように、女王は、ひとときを楽《たの》しむことにきめました。そして、若者とある契約《けいやく》をむすんだのです。すなわち、しずむ夕日がつぎに妖精《ようせい》の城門《じょうもん》をあけるまで、だれともひと言《こと》も口をきかずにいられたら、のぞみどおり、ふたりを自由にしてあげようと……。

女王《じょおう》は、若者《わかもの》を自由におよがしたかと思えば、いいところになるとじゃまをしたりして、おおいに楽《たの》しみました。

ひっしに女王との契約《けいやく》をまもろうとするふたりのすがたに、ときにはかるい嫉妬《しっと》をおぼえたりもしましたが、「なあに。いずれは、わらわのものになるのよ」と、舌《した》なめずりをしながら、見まもったり、ちょっかいをだしたりしていたのです。

妖精《ようせい》の市《いち》でも、ピンク色をした見なれない鳥が、つねにどこからか見はっているのに、ひでくんも気づいていました。

妖精の女王が変身《へんしん》しているのにちがいありません。

そんなわけで、ひでくんは、中途半端《ちゅうとはんぱ》に〈時《とき》の魔法《まほう》〉をためしたばかりに、みごとに自分が〈時の魔法〉につかまって、もどれなくなってしまったのでした。

そんなひでくんのすがたが、やはり妖精《ようせい》にとらわれたものの、人間の少女の愛《あい》によってすくいだされた伝説《でんせつ》の騎士《きし》、タムタムリンとダブったのでしょう。だれともなく、タムタムリンとよぶようになりました。

13 妖精《ようせい》のとりかえっ子

「なーるほど。そうすると、あたしが追いかけたときに、あの若者《わかもの》がひっしで逃《に》げたのは、妖精《ようせい》の女王《じょおう》との契約《けいやく》をまもるためだったのね。で、でも、なんですって？　女王との契約は、しずむ夕日の鍵《かぎ》が妖精のお城《しろ》の門《もん》をあけるまで？　なんのこっちゃ。」

「センセーならわかると思ったッケョー！」

「オバサン、えらい魔法使《まほうつか》いなんだろ？」

「えらくない。わかーんない。」

黒《くろ》ばらさんが正直《しょうじき》にこたえると、スキデンユキデンとケケーロは、コテンとコケました。

「むむむ、あたしだって、わかんないことはわかんないわよ。ふうむ。でも、あんたたち、よくそこまできだしたわねえ。えらい！　見なおしたわ。」

「ウキキ。だからいったろ？　おいら、役《やく》にたつって。」

スキデンユキデンがとくいそうにふんぞりかえると、鼻《はな》の頭のいぼが笑《わら》いだしそうにうごめきました。

「ウキ、ウキ。さあ、こんどはどこへいく？」

顔じゅう口にしてニコニコ笑っているその顔を見て、黒《くろ》ばらさんも、思わずつられてにっこり。

「おちこんでてもしょうがないわよね。さ、またゼロから捜索再開《そうさくさいかい》よ。さて、と。どこへいこうかな。」

「おいら、あのツリガネ草《そう》の帽子《ぼうし》をかぶった女の子にもういちどあいたいな。おいらが黒《くろ》ばらさんにくっついて外の世界《せかい》に出てきたのは、きっとあの子にめぐりあうためだったんだ……。」

スキデンユキデンが夢《ゆめ》みるようにつぶやくと、すかさずケケーロがからかいました。

「クエー！　ほーれたのケ？　ほれたのケ？　ちびの赤帽《あかぼう》が女の子にほれた？　ケケのケー！」

スキデンユキデンは怒《おこ》るかと思いきや、まっ赤《か》になってうつむきました。

「あら、あたしが気になっている女の子というのも、ツリガネ草《そう》の帽子《ぼうし》をかぶった子よ。あたしだって、なんとかしてもういちどあいたいわ。でも、どこへいったらいいのか……。」

「クエーセラ、セラー！　どっかでまたあえるッケヨ！　あっしゃ、あのザワブルンのお城《しろ》がいいッケヨー。あそこで食《く》ったキャビアはなかなかのモンだったッケニ。」

ケケーロが、ノー天気《てんき》にいったときです。

「あれ？　あいつは……。」

ならんで立っているナナカマドの木のほうを見て、スキデンユキデンがつぶやきました。

見ると、小がらな男がひとり、よろよろとこちらに近づいてくるのです。

朝日を背《せ》にうかびあがる異様《いよう》に大きな両の耳と、棒切《ぼうき》れのように細い足。

「あれは……、風車小屋《ふうしゃごや》であった枯《か》れ木男《きおとこ》よ。さっきは妖精《ようせい》の市《いち》で、枯れ木女を追いかけてたわ。」

枯《か》れ木男《きおとこ》は、まっすぐ黒《くろ》ばらさんに近づいてくると、黄色《きいろ》い小さな目でじっと黒ばらさんを見つめながら、いいました。

「あんた、きのう昼間《ひるま》、風車小屋《ふうしゃごや》にやってきた魔法使《まほうつか》いだな？」

「そうよ。」

黒ばらさんも立ちあがって、まっすぐ男の目を見かえしていいました。

「ちょうどよかったわ。あなたにあいにいこうと思ってたの。」

「わしに？」

「ええ。あなた、さっき、妖精《ようせい》の市《いち》で、『おっかあ、おっかあ』とよびながら、枯《か》れ木女《きおんな》のあとを追っかけていたわね。」

すると、男はいきなり逆上《ぎゃくじょう》しました。

「枯れ木女だ？　わしの母ちゃんのことを、枯れ木女といったな？」

「あ、ご、ごめんなさい。あの女の人、やっぱり、あなたのお母さんなのね。つまり、風車小屋《ふうしゃごや》のシュテンブルグさんご夫妻《ふさい》は、あなたのほんとうのご両親《りょうしん》じゃないっていうことなのね。」

黒《くろ》ばらさんがたたみかけると、枯れ木男はますます逆上して腕《うで》をふりあげ、つかみかからんばかりです。

「うるせえ！　いったい、てめえはなにをいいたいんだ。」

「なにをいいたいかって？　つまり、あなたをほんとうのお母さんにあわせてあげたいのよ。」

早口にひと息《いき》でいうと、男は、ふりあげた腕《うで》をおろしました。

「なんだと？」

「あなたも苦労《くろう》をしてきたのよね。あのダペスト村《むら》で、妖精《ようせい》のとりかえっ子として長いあいだ、ひとりぼっちでくらしてきて……。でも、きっとあたしがほんとうのお母さんのところにかえしてあげる。」

男はまじまじと黒《くろ》ばらさんを見つめていたかと思うと、ふいに、頭をかかえてしゃがみこみました。

ぼろきれの下からのぞいている背骨《せぼね》のうきでたうすい背中が、ひくひくとふるえています。おどろいたことに、男は泣《な》きじゃくっているのです。

「クエー！　びっくりしたッケ！」

ケケーロはおどろいてとびすさりましたが、スキデンユキデンはちょこちょこと男に近よってきました。

「泣《な》かないで！　ねえ、泣かないで。」

いいながら、やさしく背中《せなか》をなでてあげるのでした。男の嗚咽《おえつ》は、いっそうはげしくなりました。

黒《くろ》ばらさんが、男に母親《ははおや》をとりもどしてあげるといったのは、その場《ば》の思いつき。たんに取引《とりひき》の材料《ざいりょう》のつもりでした。

でも、いま、足もとで、身《み》も世《よ》もなく泣きじゃくっている男を見ているうちに、黒ばらさんの胸《むね》の中にも男の涙《なみだ》がじわりとしみいってくるような気がしました。

黒ばらさんも、思わずそっと腕《うで》をのばして男の肩《かた》に触《ふ》れました。

「さあ、立ちあがって、涙をふいて。あたしも、せいいっぱいやってみるから、だから、あなたが知ってることをみんな教えて。」

すると男は立ちあがり、枯《か》れ枝《えだ》のような指《ゆび》で涙《なみだ》をぬぐいました。その肩《かた》をだいて、黒《くろ》ばらさんは、たったいままで自分がすわっていた切《き》り株《かぶ》にこしかけさせました。

「わしゃ、村《むら》の衆《しゅう》に妖精《ようせい》のとりかえっ子だといわれてるのは知ってただ。ときどき、風車小屋《ふうしゃごや》の外で、そっとようすをうかがっている人間ばなれした婆《ばあ》さんがいるのにも気がついてた。」

男は、ポツリポツリと語《かた》りはじめました。

「婆《ばあ》さんは、ときどき、小屋《こや》の外にキノコや木《こ》の実《み》なんかをおいてってくれただ。だから、わしもひょっとして、自分が妖精《ようせい》のとりかえっ子だっていうのは、ほんとうかもしれねえと思いはじめただ。だけんど、風車小屋《ふうしゃごや》の夫婦《ふうふ》もその婆さんに気がついてから、おかしくなっただ。妖精の子どもなんかをそだてたくなかったんだろうな。わしにつらくあたるようになってな。なにかにつけて、わしを追いだそうとしたんだ。そんで、あるとき、きゅうに死《し》んじまった……。きっと、その婆さんにしかえしされたにちげえねえ。」

「ああ！　それが、シュテンブルグさんご夫妻《ふさい》の死《し》の真相《しんそう》だったのね。」

黒《くろ》ばらさんはうなずきました。

腹《はら》を立てた妖精《ようせい》のしかえしはおそろしいのです。妖精をからかったり侮辱《ぶじょく》したりして、命《いのち》を落とす結果《けっか》になった人間の話は、黒ばらさんも何度《なんど》かきいています。

「ふたりが死《し》んじまったあとも、婆《ばあ》さんは、ときどき、食《く》うものをもってきてくれたけど、けっして名のりでちゃくれなかった。だから、わしゃ、何度もその婆さんのあとをこっそりつけていっただ。」

「そうだったの。それが、さっきの枯《か》れ……じゃなかった、あのお婆《ばあ》さんだったのね。」

「ゆうべも森《もり》の中をうろうろして、あんたたちのすがたをみかけたんだ。だで、あとをつけてきたら、ふしぎな妖精《ようせい》の市《いち》にまぎれこんだだ。まさか、あの婆《ばあ》さんにあうとは思わなかったけんど……。」

「そうだったの。」

「わしのおっかあなら、なんでああやって逃《に》げるんだ？　わしゃ、それをたしかめたくて、妖精のあつまるとこにゃ、どこでもいってみただ。婆さんが消《き》えていった丘《おか》のあたりを、何度《なんど》うろうろしたことか。だけんど、見つからなかった。丘の上で地面《じめん》をたたいて、おっかあ、おっかあとよびながら、ひと晩《ばん》じゅうすごしたことも何度あったか。」

「はあ。おいら、かわいそうできいちゃいられないや。」

スキデンユキデンが、こぶしで自分の目をゴシゴシこすりました。

「クエ？　ちびの赤帽《あかぼう》が泣《な》いてるケー！」

ケケーロがおどろいたように近よって、下からノームの子どもの顔をのぞきこみました。

「クエーイ！　こいつ、片目《かため》だけで泣いてるケー。」

見ればたしかに、スキデンユキデンの緑色《みどりいろ》の瞳《ひとみ》には涙《なみだ》があふれていましたが、赤い瞳《ひとみ》は、義眼《ぎがん》ででもあるかのようにかわききっているのでした。

「うるさいやい！　おまえなんか泣《な》きたくても、涙《なみだ》も出ないんじゃないか。あっち、いってろ！」

片目《かため》からぼろぼろぼろ涙を流しながら、スキデンユキデンは、ケケーロをけとばすまねをしました。

「まあまあ、ふたりとも。こんなことでけんかしてどうするのよ。」

黒《くろ》ばらさんは、また、枯《か》れ木男《きおとこ》にむきなおりました。

「それより、あなた、そんなにあちこちさがしまわったんだったら、妖精《ようせい》のお城《しろ》とやらがどこにあるか知らないかしら。」

ひょっとしてという期待《きたい》をこめて、黒ばらさんはきいてみました。

枯れ木男はいいました。

「ああ？　城かどうかはわかんねえ。だけんど、たぶんどっかの地面《じめん》の下だ。わしゃ、ある年の夏至《げし》の夜に、おおぜいの妖精《ようせい》がすいこまれるように丘《おか》のふもとに消《き》えていくのを見たことがある。追っかけていってみたけど、入り口はついに見つからなかっただが。」

「そう。なーるほどね。夏至の夜か。その丘っていうのは、どこにあったかおぼえ

てる?」

枯《か》れ木男《きおとこ》は、首を振《ふ》りました。

「おぼえてねえ。ひと晩《ばん》じゅう歩きまわったすえに見つけた丘《おか》だ。もういっぺんそこへいこうと思ったけんど、二《に》度《ど》といきつくことはできなかっただ。」

「そうなの。ありがとう。だいぶいろいろなことがわかったわ。」

「おまえさん、ほんとに魔《ま》法使《ほうつか》いだな? ほんとに、わしの母ちゃんを見つけだしてくれるだな?」

枯《か》れ木男《きおとこ》は不安《ふあん》にかられたのか、何《なん》度《ど》も念《ねん》をおすのでした。

「だいじょうぶ! まっかせといて!」

ドンと自分の胸《むね》をたたいて、思わず

むせそうになるのを、黒《くろ》ばらさんはひっしでこらえました。

「じゃあね。近いうちきっとよびにくるから、待《ま》っててね。」

「わかった！　あんたがむかえにくるまでは、わしゃここから百歩《ぽ》以上ははなれねえ。」

「じゃあ、このナナカマドの木のところでね。」

そういいおいて、黒《くろ》ばらさんは、ふたたびスコップにまたがりました。

「さあ、いくわよ！」

「ケッ？　センセー、出発《しゅっぱつ》ですケー？」

「わあい！　出発だ、出発だ！」

ケケーロとスキデンユキデンが、われさきにとスコップにはいあがってきました。

枯《か》れ木男《きおとこ》は、黒《くろ》ばらさん一行《いっこう》がミーアの森《もり》の上空《じょうくう》へとびたっていくのを、不安《ふあん》そうな表情《ひょうじょう》のまま、いつまでも目で追っていました。

そのすがたも、スコップが上空《じょうくう》へまいあがってしまうと、森にまぎれて見えなくなってしまいました。

「オバサン、オバサン！　これからどこへいくの？」

スコップの柄《え》にしがみついたまま、スキデンユキデンがふりむいてたずねました。

「そうね。とりあえず、ザワブルン城《じょう》へいってみましょうかね。」

「クエ？　センセーもやっぱり、キャビアやスモークサーモンが恋《こい》しくなったんですケー？」

すかさず、ケケーロが口をはさみました。

「バカいわないでよ。あの赤ちゃんが元気で大きくなっているか、ちょっと見とどけにいくのよ。」

そうです。はからずも黒《くろ》ばらさんが命《いのち》をすくうめぐりあわせになったあの小さなお姫《ひめ》さまはどうしているでしょうか。まさかとは思いますが、魔女《まじょ》ジャマーラがしつこく姫の命をねらっているようだったらこまりますから。

「クエ！　どーでもいいけど、あっしゃ、うれしーっケ。おい、ちびの赤帽《あかぼう》、よろこべ。あったかい寝床《ねどこ》とおいしい食《く》い物《もの》にありつけるッケー！」

「ウキキ！　よかったよね！」

ケケーロとスキデンユキデンは、さっきまでいがみあっていたのもわすれて、無《む》邪気《じゃき》によろこんでいます。

14　しずむ夕日《ゆうひ》の鍵《かぎ》

　ザワブルンの領主《りょうしゅ》の幼《おさな》い姫《ひめ》は、城《しろ》の奥深《おくふか》い部屋《へや》でおおぜいの侍女《じじょ》たちにかしずかれ、それはそれはだいじにそだてられていました。

　窓《まど》には鉄格子《てつごうし》がはめこまれ、さらにぶあついカーテンがはりめぐらされていましたが、姫の笑《わら》い声《ごえ》は、幸《しあわ》せのつまったシャボン玉のように、部屋じゅうにはじけていました。

　しかし、ここではまた微妙《びみょう》に時間の流れがかわっていました。

　たった数日《すうじつ》しかたっていないはずなのに、あのとき、なにも知らずに桃色《ももいろ》のほおをして眠《ねむ》っていた赤《あか》ん坊《ぼう》は、乳母《うば》に手をひかれてよちよち歩きをするまでに成長《せいちょう》していました。

領主《りょうしゅ》とその夫人《ふじん》も、目をほそめてながめています。

「まあ！　もう歩けるようになったのね。かわいいこと！」

黒《くろ》ばらさんのすがたをみとめた幼《おさな》い姫《ひめ》は、なにを思ったのか、ふいに両手《りょうて》をさしだしながら、黒ばらさんめがけて、まっすぐにかけてきました。

まるでさがしもとめていた母親《ははおや》にようやくあえたとでもいうようなそのすがたに、黒ばらさんは、胸《むね》をつかれました。

もしかしたら、わたしの娘《むすめ》もこんなふうにして、母親のすがたをもとめてだれかの腕《うで》の中にとびこんでいったりしたのかもしれない……。

黒《くろ》ばらさんも思わず腕をひろげてだきとめようとしたつぎの瞬間《しゅんかん》、幼《おさな》い姫《ひめ》は、侍女《じじょ》のひとりにうしろからだきあげられました。

外からの来訪者《らいほうしゃ》には、たとえ領主《りょうしゅ》の親友《しんゆう》であろうとも、姫に直接触《ちょくせつふ》れることはゆるされていないのだそうです。

「二級魔《きゅうま》法使《ほうつか》い黒《くろ》ばらさんとおっしゃいましたね。娘《むすめ》の命《いのち》の恩人《おんじん》であるあなたに、こんなことをもうしあげるのは失礼《しつれい》だとじゅうじゅう承知《しょうち》しておりますが、娘が十五歳《さい》の誕生日《たんじょうび》をむかえるまではなにごとも慎重《しんちょう》にしようと、夫《おっと》と話しあってきめたことですの。」

夫人《ふじん》は、申《もう》し訳《わけ》なさそうにいいました。

「無理《むり》もないことです。くれぐれもご用心《ようじん》あそばせ。その後《ご》、十三番目《ばんめ》の魔女《まじょ》は、いやがらせなどしてきませんか。」

気になっていたことをきくと、夫人はそっと夫《おっと》のほうを見ました。

領主《りょうしゅ》はあわてたようにいいました。

「いやいや。あれとは、いや、その、あの魔女とは話し合いでかたをつけた。もう二度《にど》と姫《ひめ》の前にはすがたをあらわさないだろう。」

「そうですか。それならよかった。」

いったん発《はっ》せられた魔女《まじょ》の呪《のろ》いの言葉《ことば》は、かるくすることはできてもまったくの白紙《はくし》にするのは不可能《ふかのう》だと知っている黒《くろ》ばらさんは、祈《いの》るような気持ちでつづけました。

「姫《ひめ》さまは、ますますおすこやかにかしこくお美《うつく》しくおなりになりますよ。きっとすてきな王子《おうじ》さまともめぐりあうでしょう。」

「まあ、うれしいこと!」

「姫の結婚式《けっこんしき》には、黒《くろ》ばらさんもきてくださるでしょうな。」

「もちろんですとも。そのときは、世界《せかい》のどこにいてもかけつけます。おなじ〈時《じ》空《くう》〉にいるかぎりはね。」

「やくそくですよ。ああ、そのときが楽《たの》しみですわ。」

黒《くろ》ばらさんと夫人《ふじん》は、ほほえみながら手をとりあいました。

「まあまあ、このつづきはテラスでお茶《ちゃ》でも飲《の》みながら、ゆっくりと話そうではないか。」

領主《りょうしゅ》にうながされて、黒ばらさんたちは、城壁《じょうへき》に半円形《はんえんけい》にはりだした上階《じょうかい》のテラスに移動《いどう》しました。

スキデンユキデンは、小躍《こおど》りしながらついてきます。

ケケーロはどこへいったかと見れば、黒《くろ》ばらさんの胸《むな》もとにブローチみたいにはりついています。

「ずいぶん日が短《みじか》くなった。寒《さむ》さも日に日にきびしくなるが、きょうは、めずらしく風もなくあたたかい日差《ひざ》しだからな。」

「ほんと。きっと黒《くろ》ばらさんが、お日さまもつれてきてくださったのよ。」

テラスには、やわらかく西日がさしこんで、石造《いしづく》りのベンチをあたためてくれていました。

黒《くろ》ばらさんもお日さまの光が恋《こい》しくなっていたところですから、よろこんで、テラスのいすにこしかけました。

目の前には広大《こうだい》な庭《にわ》がひろがり、とりどりの花がパッチワークのように色別《いろべつ》にしきられて咲《さ》きほこっていました。城《しろ》の入り口につづく長いアプローチの両側《りょうがわ》には、かがり火《び》をたく灯籠《とうろう》が点々《てんてん》とならんでいます。

「まあ、きれいなお庭！　このまえおじゃましたときは夜だったから、かがり火しか見えなかったのよね。」

給仕《きゅうじ》がふたりがかりで、うやうやしくお茶道具《ちゃどうぐ》一式《いっしき》を運《はこ》んできました。

「きたきた、きたッケヨー。キャビアかな？　サーモンかな？」

ケケーロが、胸《むね》もとでささやきます。

華麗《かれい》なばらの花もようの陶《とう》のポットとカップを見て、黒《くろ》ばらさんは、魔女《まじょ》ジャマーラの水車小屋《すいしゃごや》にあった大きな陶製《とうせい》のストーブを思いだし、内心《ないしん》で「領主《りょうしゅ》の趣《しゅ》味《み》だわ」とつぶやきました。

領主の夫人《ふじん》は、グレーのタフタのロングドレスと同色《どうしょく》のガウン。うっすらとくちびるに紅《べに》をひいただけの化粧《けしょう》もひかえめです。領主のほうは、白《しろ》い毛皮《けがわ》の縁《ふち》どりのある花もようのマントをかけ、立《た》ち居振《いふ》るまいもどこか芝居《しばい》がかってはなやかです。

給仕《きゅうじ》が、おなじ花もようの鉢《はち》のふたをあけるのを、黒《くろ》ばらさん一行《いっこう》は期待《きたい》にみちた目で見つめました。

鉢の中から出てきたのは、キャビアでもサーモンでもなく、ジャムののったお菓《か》子《し》でした。

「スコーンですわ。ばらの花のジャムをのせてありますの。さあ、どうぞ。」

「いっただきまーす!」

夫人《ふじん》がいいおわらないうちに、スキデンユキデンが、さっと手をのばしてとり、大きな口の中へほうりこみました。

「あっしにも、クエーイ!」

ケケーロがなさけない声をだすので、黒《くろ》ばらさんも手のひらにとって、さしだしてやりました。

「クエー! う、うめー!」

ケケーロの満足《まんぞく》そうな声が、胸《むな》もとからきこえてきました。

お茶《ちゃ》は、きれいな紅色《べにいろ》のローズティー。

黒《くろ》ばらさんもちょっと気《き》どって小指を立ててカップを持ち、ひと口すすって、ほうっとため息《いき》。

あとは、もっぱら聞《き》き役《やく》にまわって、夫妻《ふさい》の姫《ひめ》のじまん話にあいづちをうっていました。

「ほんとうに、黒《くろ》ばらさんが、あの夜、たちよってくださらなかったら、わたしたちもこんなに幸《しあわ》せにひたってはいられませんでしたわ。」

「数年《すうねん》まえまでは、このあたりの領主《りょうしゅ》のあいだで小ぜりあいがつづいておりましてな。ようやくおさまったと思ったら、はやり病《やまい》で民《たみ》がばたばたとたおれた……。かと思うと、大雨で川がはんらんし、農地《のうち》が水浸《みずびた》しになった。暗《くら》い話題《わだい》ばかりがつづいたあと、やっと姫《ひめ》にめぐまれたところだったんです。」

夫妻《ふさい》は、感謝《かんしゃ》にみちた目で黒《くろ》ばらさんを見つめます。

「微力《びりょく》ながらお役《やく》にたったのであれば、魔法使《まほうつか》いのはしくれとして、こんなうれしいことはありませんわ。」

黒ばらさんも、ほほえみを返しました。

「そうだ。結婚式《けっこんしき》といえば……。」

ふと、領主《りょうしゅ》が話題《わだい》をかえました。

「もうすぐ妖精《ようせい》の王子《おうじ》の結婚式だ。もしおいそぎでなかったら、黒ばらさんもいっ

しょにいって、祝福《しゅくふく》の言葉《ことば》をあげてくれないだろうか。」

「ブホッ！」

黒《くろ》ばらさんは、あやうく口にふくんだお茶《ちゃ》をはきだすところでした。

「えっ？　妖精《ようせい》の王子《おうじ》の？」

「そう。ツリガネ草《そう》という美《うつく》しい少女を見そめたそうだ。」

となりの席《せき》の小さな赤い帽子《ぼうし》が、びくんとふるえました。

見れば、スキデンユキデンは、酸欠《さんけつ》の金魚《きんぎょ》みたいに口をパクパクしながら領主《りょうしゅ》の顔を見つめています。

「もっとも、妖精の王子にゃ、すでに三人も夫人《ふじん》がいるんだがねえ。」

領主《りょうしゅ》はそうつづけて、いたずらっぽくウインクをしました。

「ここだけの話ですけど、妖精《ようせい》の王子《おうじ》はかなりの女好《おんなず》きで……。」

いいかけた夫人《ふじん》の言葉《ことば》を、領主は笑《わら》いながらさえぎりました。

「おいおい！　客人《きゃくじん》の前だぞ。」

「いいえね。わざわざ黒《くろ》ばらさんが出むくほどのことでもないといいたかっただけですのよ。」

「あ、いきます、いきます。ぜひつれていってくださいませ。妖精《ようせい》の結婚式《けっこんしき》とやら、興味《きょうみ》シンシンでございますから。で、いつですの？　その結婚式は。」

それこそが問題《もんだい》なのです。

「こんどの冬至《とうじ》です。」

「もっとも日が短《みじか》くなるとき、しずむ夕日の最後《さいご》の光が妖精《ようせい》の城《しろ》の門《もん》にとどくと、城門《じょうもん》の鍵《かぎ》がひらきます。それを合図《あいず》に、招待客《しょうたいきゃく》は城にはいりますの。」

「えええーっ!?」

黒《くろ》ばらさんは、こんどはカップをとりおとしそうになり、お茶《ちゃ》をこぼしてしまいました。

スキデンユキデンも、「ぴやっ！」といすからとびあがり、ケケーロは、だまってぽとりと黒ばらさんの胸《むね》からひざにこぼれおちました。

そうだったのか……。

ひでくんがパフ女王《じょおう》とかわした契約《けいやく》がきれるのも、こんどの冬至《とうじ》。

じつは、黒《くろ》ばらさんがひそかに心配《しんぱい》していたのは、ひでくんが無事《ぶじ》にパフ女王との契約をまもりきれたとしても、ひょっとしたらそのまえに、妖精《ようせい》の王子《おうじ》がツリガネ草《そう》と結婚《けっこん》してしまうのではないかということでした。

「どうかなさいましたの？」

夫人《ふじん》が、黒《くろ》ばらさんの顔をのぞきこんでいます。

領主《りょうしゅ》は、パチンと指《ゆび》を鳴《な》らして給仕《きゅうじ》をよび、こぼれたお茶《ちゃ》をふきとるように命《めい》じました。

「あ、いえ。失礼《しつれい》しました。」

黒《くろ》ばらさんはあわててとりつくろい、すわりなおしてたずねました。

「あのう……。つかぬことをうかがいますが、きょうは何月何日《なんがつなんにち》でしょう？」

すると、夫人《ふじん》は、一瞬《いっしゅん》目を見はったものの、品《ひん》よく笑《わら》いながらいいました。

「おほほ。さすが、魔法使《まほうつか》いでいらっしゃる。浮世《うきよ》の日時《にちじ》などごぞんじないのですね。」

「きょうは、十二月十日《とおか》ですよ。」

「ガーン！　じゃ、冬至《とうじ》までは、あと十日ほど……。」

（ど、どうしよう……。）

黒《くろ》ばらさんは、スキデンユキデンと顔を見あわせました。

ふいに、スキデンユキデンの緑《みどり》の瞳《ひとみ》から、つつーっと涙《なみだ》が流れおちました。

「ヒック、ヒック！　い、いやだ、いやだ！　だ、だめだい。その結婚式《けっこんしき》、とめなきゃだめだい！」

「なんですって？」

全員《ぜんいん》が、ノームの子どもを見つめました。

「ほう！　なぜだめなのか、わけをいってごらん。」

領主《りょうしゅ》が、スキデンユキデンの顔をのぞきこんでたずねます。

いったいなにをいいだすのか、黒《くろ》ばらさんもはらはらしながら、スキデンユキデンを見まもりました。

すると、ノームの子どもはあいかわらず、片目《かため》だけに涙《なみだ》をいっぱいうかべ、

「だ、だって、あのツリガネ草《そう》の帽子《ぼうし》をかぶった女の子は、妖精《ようせい》の市《いち》で、おいらが、おいらが、ひと目惚《めぼ》れしちゃったんだい！　わーん！」

たちまち、大きな泣《な》き声《ごえ》をあげはじめました。

「まあまあまあ！　そうだったの。」

領主《りょうしゅ》の夫人《ふじん》は、口をあんぐりあけました。

黒《くろ》ばらさんは、この小さな赤い帽子《ぼうし》をかぶった子どもが、なんともいじらしくなって、その肩《かた》をぎゅっとだきしめてやりました。

「うわーん！　おいら、おいら、ゆるせねえ。妖精《ようせい》の王子《おうじ》が、ヒック、どんなやつだか知らないけど、ツリガネ草《そう》が三人目の奥《おく》さんだなんていやだよう！　命《いのち》と引《ひ》き

換《か》えにしてでも、ヒック、愛《あい》してるっていうんなら、おいら、おいら、ゆずってやってもいいけどさ。うえーん！」

「三人目じゃなくて、四人目でないのケー？」

ケケーロが口をはさみました。

「よけいなこと、いわないの！」

黒《くろ》ばらさんは、ケケーロのしっぽを、ピンとはじいてやりました。

「わっはっは！　なあるほど。その気持ちは、わしにだってわかるぞ。さて、どうしたものかな、黒ばらさん。」

領主《りょうしゅ》に意見《いけん》をもとめられた黒ばらさんは、ここぞとばかりいいました。

「この子がいうとおりです。妖精《ようせい》の王子《おうじ》は、そのツリガネ草《そう》の少女をほんとうに愛《あい》しているんでしょうか。」

領主と夫人《ふじん》は顔を見あわせてから、そろって首を振《ふ》りました。

「いやあ。妖精王子《ようせいおうじ》にとっては、ただ、ちょっとめずらしいおもちゃを手にいれたいぐらいの気持ちだろう。」

「そうね。妖精の王子は、気にいった女ならだれかれかまわず口説《くど》くんですの。いいたくありませんが、あたしだって口説かれたくらいですから。」

「なんだって？　わしと結婚《けっこん》してからかね？」

領主《りょうしゅ》が顔色をかえましたが、夫人《ふじん》は平然《へいぜん》といいました。

「ええ、そうよ。ごく最近《さいきん》のことよ。」

「むむっ！　とんでもないやつだ。こうなったら、結婚式《けっこんしき》をめちゃめちゃにしてやろう。」

いきまく領主を、夫人は、まあまあまあとなだめました。

「あなた。姫《ひめ》のお誕生祝《たんじょういわ》いの一件《いっけん》をわすれちゃいけませんわ。せっかく妖精《ようせい》たちもお祝いにきてくれたんです。ここで関係《かんけい》をぶちこわしてしまっては、もとも子もありませんわ。」

「ふーむ、それもそうだ。となりの領地《りょうち》との争《あらそ》いがおさまったのも、妖精たちが味方《みかた》になってくれたおかげだしな。あいつらを怒《おこ》らせてしまったら、おそろしいしかえしが待《ま》っているだけだ。」

「もしも、だいじな姫《ひめ》になにかあったら取《と》り返《かえ》しがつきません。」

「そうだな。妖精《ようせい》たちにさからうようなことだけはできん。黒《くろ》ばらさん、それから、ノームのご子息《しそく》、お気《き》の毒《どく》だが、わしたちにはどうすることもできませんな。」

夫妻《ふさい》は、心からすまなそうにいうのでした。

スキデンユキデンの赤い帽子《ぼうし》が、ずるっとずりおちて顔をかくしました。かくしきれない大きな口は、への字《じ》にまがっています。泣《な》きだしたいのを、ひっしにこらえているようでした。

ふうむ。やっぱりだめか。

内心《ないしん》の落胆《らくたん》をかくして、黒《くろ》ばらさんはいいました。

「ご心配《しんぱい》なく。領主《りょうしゅ》さまご夫妻《ふさい》にごめいわくがかかるようなことはけっしていたしませんから。でも、妖精《ようせい》のお城《しろ》には、わたしどももぜひともお供《とも》させてください。」

(なんとかなる……。なんとかしなくちゃ……。いまのところは頭の中がまっ白《しろ》で、なにも名案《めいあん》はないけど、とにかく結婚式《けっこんしき》にいくっきゃない……。そこですべてがきまるんだもの。)

とっくにさめてしまったお茶《ちゃ》を、黒《くろ》ばらさんはゆっくりとひと口すすりました。

15 妖精《ようせい》の城門《じょうもん》へ

ザワブルンの城《しろ》ですごしたその後《ご》の一週間《しゅうかん》は、領主《りょうしゅ》のはからいで、そりゃあもういたれりつくせりのぜいたくざんまい。

上等《じょうとう》のベッドと三度《ど》三度の豪華《ごうか》な食事《しょくじ》はもちろんのこと、下町を見物《けんぶつ》するときまで馬車《ばしゃ》でお供《とも》がついてくるのです。

ケケーロにとっては、こんどの旅《たび》のあいだでもとりわけ至福《しふく》の時間だったでしょう。ハエみたいに両《りょう》の前足《まえあし》をすりすりしていうのでした。

「ああ、あっしゃ、やっぱりお供《とも》をしてきてよかった。センセーのお弟子《でし》でよかったッケヨー！」

「あら、いつからあたしの弟子《でし》になったのよ。」

ケケーロが楽《たの》しそうなのはけっこうですが、黒《くろ》ばらさんとスキデンユキデンにとっては、楽しむどころじゃありません。

「あーあ、こんなときでなければ、おおいにむかしのお城《しろ》の生活《せいかつ》を満喫《まんきつ》するんだけどなあ。」

ふたりは、なんとかして妖精王子《ようせいおうじ》とツリガネ草《そう》の少女の婚礼《こんれい》を阻止《そし》しようと、あてもない、こうでもないと相談《そうだん》をしてみるのですが、名案《めいあん》はなにもうかんできません。

「ま、いってみるっきゃないわね。」

「ウキキ！　なんとかなるさ。おいらがついてる。」

はなはだ心ぼそいものの、そういう結論《けつろん》にたっしたのでした。


一日一日と、太陽《たいよう》が顔をだす時間は短《みじか》くなっていきました。

テラスでお茶《ちゃ》を飲《の》むにはあまりに風がつめたくなったある日、黒《くろ》ばらさん一行《いっこう》は、領主《りょうしゅ》よりひと足さきにザワブルンの城《しろ》を発《た》つことになりました。

冬至《とうじ》まではまだ三日《みっか》ありましたが、いったん、ミーアの森《もり》にたちよって、あの枯《か》れ木男《きおとこ》をつれていかなくてはなりませんから……。

領主《りょうしゅ》は、そんな黒《くろ》ばらさんのために、旅《たび》のしたくをととのえてくれました。

妖精《ようせい》の城《しろ》への道順《みちじゅん》も、くわしく教えてくれました。

いつかお茶《ちゃ》を飲《の》んだ城のテラスから、スコップに乗って旅《たび》だとうとする黒ばらさんに、領主夫妻《ふさい》はかわるがわる念《ねん》をおしました。

「冬至《とうじ》の日は、くれぐれも日の入りにおくれないように……。」

「城門《じょうもん》がしまってしまったら、アリ一匹《ぴき》はいることはできませんからね。」

「わかりました。早めについて、日の入りを待《ま》つことにします。」

「では、城門のわきでおちあおう。」

「わたしたちは二台《だい》の輿《こし》に乗っていきますから、人ごみの中でもめだつはずですわ。」

「ありがとうございます。ほんとうに、なにからなにまでおせわになって……。このご恩《おん》はけっしてわすれません。」

黒《くろ》ばらさんは、日本式に深々《ふかぶか》と頭をさげました。

「おたがいさまですわ。」

「では三日後《みっかご》……。」

「黒《くろ》ばらさんの旅《たび》の目的《もくてき》がうまくはたされますように……。」

夫妻《ふさい》は、かわるがわる黒ばらさんのほおにキスをしてくれました。


ミーアの森《もり》の上空《じょうくう》にさしかかったのは、すでに森《もり》の木々《きぎ》のてっぺんにひっかかった夕日《ゆうひ》が、いましもころげおちそうになっているときでした。

「あの枯《か》れ木男《きおとこ》、どこかでちゃんと待《ま》っていてくれるかしら。」

しかし、そんな心配《しんぱい》は無用《むよう》でした。

黒《くろ》ばらさんたちの乗《の》ったスコップが、ナナカマドの木のそばに着地《ちゃくち》するのを待ちかねたように、どこからか枯れ木男がとびだしてきました。

そうです。

枯《か》れ木男《きおとこ》は、妖精《ようせい》の市《いち》で黒《くろ》ばらさんとわかれて以来《いらい》、そばの木のうろの中に寝《ね》とまりして、くる日もくる日も、ふたたびどこからか黒ばらさんが空をとんでやってくるのを待《ま》ちつづけていたのでした。

「さあ、むかえにきたわよ。いよいよ妖精《ようせい》のお城《しろ》へむかって出発《しゅっぱつ》よ。でも、問題《もんだい》がひとつあるの。」

黒《くろ》ばらさんがいうと、枯《か》れ木男《きおとこ》は、黄色《きいろ》い小さな目をいぶかしそうにすぼめました。

「このスコップにあなたをのせていくためには、あなたをなにか別《べつ》のもの……そう、もっと小さなもの、たとえば、このケケーロみたいにヤモリかなにかに変身《へんしん》させせなくちゃならないの。」

枯《か》れ木男《きおとこ》は、ちらりとケケーロを見ましたが、あきらかにうれしくないようです。もちろん、ケケーロだって、不快《ふかい》きわまるというようにそっぽをむきました。

「じゃ、じゃあ、なにに変身《へんしん》したい？　ご希望《きぼう》にそえるかどうかはわからないけど……。」

たった二つしかない魔法《まほう》の力にもいまはまるっきり自信《じしん》がないので、黒《くろ》ばらさんは、おそるおそるいってみました。

すると枯《か》れ木男《きおとこ》は、一歩《ぽ》あとずさりしていいました。おびえたネコみたいに長《なが》い耳《みみ》をぴったりと頭にくっつけています。

「わしゃ、すがたがかわるのはいやじゃねえ。ただ、空をとんでいく気はしねえ。地《じ》べたにくっついてるモンから足がはなれるなんて、そんなおっかねえこた、できねえ。」

「あーら、高所恐怖症《こうしょきょうふしょう》だったとはね。でも、お母さんにあいたくないの？」

黒《くろ》ばらさんは、いらいらしてきました。

「こんなところでもめてる場合《ばあい》じゃないのよ。早く出発《しゅっぱつ》しないと……。ちょっとでも日の入りにおくれたら、一巻《いっかん》の終《お》わりなんだから。」

「そ、そ、そーだよ、そーだよ」とスキデンユキデンがキーキーいえば、ケケーロも負《ま》けずにいいました。

「あっしらだって、好《す》きこのんで、こんな乗《の》り心地《ごこち》のわるいモンに乗ってんじゃねえッケヨ。」

「乗り心地がわるくて、おあいにくさまね。まあ、もうすこし魔法《まほう》の腕《うで》が上達《じょうたつ》したら、空とぶロッキングチェアーでも、ウオーターベッドでも、なんでもご用意《ようい》させていただくわよ。さあ、みなさまがた。どうする、どうする？　ごちゃごちゃいうんなら、あたしひとりでいくわよ。」

頭にきた黒《くろ》ばらさんがスコップにまたがって、いまにもとびたちそうにすると、スキデンユキデンとケケーロは、あわててとびのってきました。

しかし、枯《か》れ木男《きおとこ》は、ますます耳《みみ》を寝《ね》かせておびえるばかり。

「わしゃ、いやだ。どうあっても、地《じ》べたをはっていくだ。」

こまったことになりました。

じつをいうと、すんなりと枯《か》れ木男《きおとこ》をつれだせるかどうか自信《じしん》がなかったので、三日《みっか》の余裕《よゆう》をもってザワブルン城《じょう》を出てきたのでした。

しかし、ミーアの森《もり》から徒歩《とほ》でいくとなると、はたして冬至《とうじ》にまにあうかどうかさえわかりません。

「ケー！　センセー、こんなやつ、おいてきましょうぜ。」

「うーむむむ。どうしよう。」

内心《ないしん》では、やっぱりこんな男にかかわるんじゃなかった……と、黒《くろ》ばらさんはかなり後悔《こうかい》していました。

そのとき、じっと枯《か》れ木男《きおとこ》のようすを見ていたスキデンユキデンが、ぴょんとスコップからとびおりていいました。

「わかった。じゃあ、おいら、このおじさんといっしょに歩いていくよ。黒ばらさんとケケーロは、さきに空をとんでいきなよ。」

枯《か》れ木男《きおとこ》は、小さなスキデンユキデンに、感謝《かんしゃ》にみちた目をむけました。

「でも、それは……。」

黒《くろ》ばらさんが口ごもっていると、スキデンユキデンは、鼻《はな》の頭のいぼをうごめかせました。

「ウキキ。だいじょうぶだよ。おいらだって、このおじさんだって、地《じ》べたをかけてくのにゃなれてるさ。でも、もし万一《まんいち》まにあわなかったらたいへんだからさ、黒《くろ》ばらさんとケケーロは、スコップでとんでったほうがいいよ。」

「ソーケー？　そんじゃま、おさきにいかせてもらうッケヨー。さ、センセー！」

ケケーロがスコップの先《さき》っぽに乗って、頭をくいと振《ふ》ったとたん、黒《くろ》ばらさんは覚悟《かくご》をきめました。

「わかったわよ。いっしょに歩いていくわよ。」

「クエー？」

「ウキー？」

「ほんとかね？」

全員《ぜんいん》が口をぽかんとあけて、黒《くろ》ばらさんを見つめました。

「なに、ぽかんとしてるのよ。さあ、徒歩《とほ》でいくときめたらいそがなきゃ。出発《しゅっぱつ》！」

黒《くろ》ばらさんは、やおら、バッグをたすきがけにし、スコップを肩《かた》にかつぐと、とっとと歩きだし、それから、くるっと枯《か》れ木男《きおとこ》のほうをふりかえって、

「そうそう。まだ、あなたの名前、きいてなかったわね。もちろん……シュテンプ

ルグさんたちがよんでいた名前でいいんだけど、教えてもらえないかしら。」

とたずねました。

「……ヤルマル。」

枯《か》れ木男《きおとこ》は、ボソッといいました。

「そう。いい名前だわ。じゃあ、これからはその名前でよばせてもらうわ。」


しかし、黒《くろ》ばらさんはすぐに後悔《こうかい》しましたよ。

徒歩《とほ》でいくとなると、スコップはとたんにお荷物《にもつ》になりました。

もちろん、飛行機《ひこうき》に乗ってきたときのように、歯《は》ブラシかなにかに変身《へんしん》させようと、一度《いちど》はこころみてみました。ところが、呪文《じゅもん》をとなえおわって目をあけてみると、手にしていたのは、布団《ふとん》たたき！

「なんじゃ、こりゃ！」

もういっぺんやりなおす元気もありません。

スコップよりはだいぶ軽《かる》いことが、せめてものすくいでした。

（ともあれ、さきをいそがなきゃ……。）

それにしても、つくづく、体がなまってしまったものです。

森《もり》にとけこんで生《い》き生きとかけぬけるスキデンユキデンとヤルマルにひきかえ、黒《くろ》ばらさんの長いマントの裾《すそ》は、たちまち、はりだした木の枝《えだ》や根《ね》っこにひっかかって、ずたずたになりました。

ケケーロは、ちゃっかりと黒ばらさんの肩《かた》のあたりにとまっていましたが、さすがに見かねて、いいました。

「センセーヨー。オオカミにでも変身《へんしん》していったらどうですケ？　見ちゃいられねーですケー。」

「ふん！　そうかんたんにのぞみどおりのものに変身《へんしん》できたら苦労《くろう》はしないわよ。いったでしょ？　オオカミになるつもりが、ゾウガメにでもなっちゃったらどうするのよ。」

「やっぱ、やめとケケー！」

「でしょ？」

「だーから、おいら、いったのに。さきに空をとんでれば、いまごろもう妖精《ようせい》のお城《しろ》についてたのにさ。」

スキデンユキデンも追《お》い討《う》ちをかけました。

「くくっ。こうなったら、がんばるっきゃないわよ。」

黒《くろ》ばらさんは、なかばやけっぱちで歯《は》をくいしばりました。ただでさえうすぐらい森《もり》の中、木々《きぎ》はまるで生き物のように、とつぜん両腕《りょううで》をひろげて立ちはだかったり、気味《きみ》のわるいうめき声をあげておどかしたりしました。ふつうの人間ならば叫《さけ》び声《ごえ》をあげて逃《に》げだしているところでしょうが、腕《うで》がにぶったとはいえ、そこは魔法使《まほうつか》いのはしくれ、黒ばらさんはひるむことなく、布団《ふとん》たたきをふりまわしながらすすんでいきました。

しばらくいくうちに、黒《くろ》ばらさんは、森の中でふしぎな気配《けはい》を感じるようになりました。

すがたは見えないものの、そばになにかがいる気配を感じたり、すぐ横を風のようにだれかが通りすぎていく気配を感じたりするのです。

草をふむかすかな音がきこえたので、ぱっとふりかえると、そこにはキノコが三本、たったいま、そこにとびうつってきたとでもいうように、枯葉色《かれはいろ》のかさをふるわせていたりしました。

また、たしかにそばを通ってきたはずの見覚《みおぼ》えのある立ち木が、黒《くろ》ばらさんたちの行く手に何度《なんど》もあらわれるということもありました。

「ははん、どうやら妖精《ようせい》の城《しろ》をめざしているのは、あたしたちだけじゃないようね。」

「ウキ！　いろんな妖精《ようせい》たちが森《もり》の中を歩いていくよ。おいらたち、どんどん追いこされてるみたいだね。」

スキデンユキデンは、とっくに気がついていたようです。

「え、そうなの？　みんな、そんなにいそいでるんだ。まだあと二日《ふつか》はあると思って安心《あんしん》してたのに……。」

黒《くろ》ばらさんは、ちょっとあせりました。

炭焼《すみや》き小屋《ごや》にでも使われていたのか、いまにもくちはてそうな廃屋《はいおく》のそばを通りすぎたあたりで、日は完全《かんぜん》に落ちました。

ただならぬ暗闇《くらやみ》がおとずれました。

ブーツのつま先からはいのぼってくる寒《さむ》さも、たえがたいものでした。

「これ以上《いじょう》はすすめないわ。迷子《まいご》になったらたいへんだから、今夜《こんや》はさっきの小屋《こや》に泊《と》まりましょう。」

黒《くろ》ばらさんが、ガチガチ、歯《は》を鳴《な》らしながらいうと、スキデンユキデンはまっさきに賛成《さんせい》しました。

「ウキキ。いいね、いいね。おいら、おなかがぺっこぺこだよ。」

ケケーロも大賛成《だいさんせい》かと思いきや、

「クエ！　センセーヨー。ちょっと待《ま》ってクエー！　なにやら、森《もり》の衆《しゅう》のつぶやきがきこえますぜ。しーっ！　静《しず》かにしてクエー。」

金《きん》の指輪《ゆびわ》につっこんだ首をもちあげて、じっと耳をすませました。

どうやら、ドワーフの金の指輪は、ふつうの耳ではききとれないほどの小声をもキャッチできるようです。

「きこえる。きこえるッケヨ。日がのぼるまえに扇《おうぎ》の木のとこまでいきつかねえと、妖精《ようせい》の城《しろ》の門《もん》にはいれなくなるって、だれかがいってますケー。」

「扇の木？　きいてないわよ。」

あたりを見まわしたスキデンユキデンもいいました。

「あっ、ドワーフたちが、ぴょんぴょんかけていくのが見えた。」

「ふうん。じゃあ、こんなところでひと晩《ばん》すごしてる場合《ばあい》じゃないのね。みんなのあとをついて扇《おうぎ》の木のところまでいかないと……。」

すると、それまでじっとだまってみんなの話をきいていた枯《か》れ木男《きおとこ》のヤルマルが、

「わしらは夜目《よめ》がきくだから、なんならおんぶしますぜ。」

そういって、黒《くろ》ばらさんに背中《せなか》をむけました。

「ウキキ！　オバサン、いそいだ、いそいだ。おいらも、扇《おうぎ》の木のとこまで、晩《ばん》ご飯《はん》はおあずけだ。」

　スキデンユキデンは、元気にかけだしました。

こうなったら、なりふりかまっている場合《ばあい》じゃありません。

「それじゃあ、わるいけどおんぶしてもらうわよ。寄《よ》る年波《としなみ》には勝《か》てないわね。どっこらしょっと。」

黒《くろ》ばらさんが、おずおずとヤルマルの背中《せなか》にへばりつくと、ヤルマルは、いきなりマラソンランナーのようにかけだしました。

「うわわ、わ！　乱暴《らんぼう》な運転《うんてん》はしないでね。」

黒《くろ》ばらさんは、あわててヤルマルの首根《くびね》っこにしがみつきました。

でも、意外《いがい》なことにヤルマルの背中はあったかくて、黒ばらさんは、ほうっとひと息《いき》つきました。

つい、うとうとと眠《ねむ》ってしまったのでしょうか。

目をあけると、いつのまにか森《もり》をぬけだして、朝もやにつつまれた川べりを走っていました。

「あーら、まあ！　あたしがうとうとしている間《ま》に、夜が明けたのね。」

「ごらんなせえ。あれが、扇《おうぎ》の木ですぜ、きっと。」

ヤルマルが足をとめて、川のほとりの行く手を指《ゆび》さしました。

すると、そこにはほんとうに巨大《きよだい》な扇をひろげたようなかたちの木が一本、もやの中にうかびあがっていました。葉《は》は落ちていますが、幹《みき》のてっぺんの大きなこぶがさながら扇の要《かなめ》で、そこから、放射状《ほうしゃじょう》に何本もの枝《えだ》がひろがっています。

「ほんとだ！　扇子《せんす》だ、扇子だ！　でっかい扇子だ！」

「扇子というよりは、ありゃ、うちわだッケヨ。」

スキデンユキデンとケケーロは、なおも、扇子だ、うちわだといいあらそってたがいにゆずろうとしません。

「扇子もうちわもおんなじことよ。ははあ、あれは柳《やなぎ》の木だわね。日本じゃ、ほんどしだれ柳だけど、ここじゃ、ほんとに扇《おうぎ》のように枝《えだ》をひろげているわ。」

ザワブルンの領主《りようしゅ》によれば、柳《やなぎ》の木を目《め》じるしにして、そこからはサンザシの木伝《づた》いにどこまでもすすんでいけば、湖《みずうみ》にいざなってくれるはず。妖精《ようせい》の城《しろ》は湖のほとりにあるということでした。

見まわすと、川の流れからややはなれた草原《そうげん》に、ぽつんと立っている木がありました。

葉《は》はすっかり落ちてはいるものの、わずかに残《のこ》った小さなワインレッドの実《み》を見れば、たしかにサンザシの木のようでした。

朝もやの中に目をこらすと、そこから点々《てんてん》とつづいているサンザシの木の行列《ぎょうれつ》が、遠くにいくにつれてもやの中にとけこむように消《き》えていくのが見えました。

柳《やなぎ》の木もサンザシも、妖精族《ようせいぞく》のこのむ霊力《れいりょく》を持った植物《しょくぶつ》です。

いよいよ妖精界《ようせいかい》に近づいてきた気配《けはい》が、黒《くろ》ばらさんにも、じんわりとつたわってきました。

「ここまでくれば、もうだいじょうぶ。あとは、このサンザシの木伝《づた》いにいけばいいのよ。」

「さあ、もうきょうは冬至《とうじ》だ。日はのぼったと思ったら、あっというまに落ちてくるんですぜ。」

「ここからは自分の足で歩いてく。ありがとう、ヤルマル。おかげですっかり元気になったわ。」

黒《くろ》ばらさんは、ヤルマルの背中《せなか》からおりると、足どりも軽《かる》く歩きだしました。

「ウキキ！　もうすぐ、もうすぐあのツリガネ草《そう》にあえるんだね。あーあ、でも、せっかくあえたその日がツリガネ草の結婚式《けっこんしき》だなんて、おいら、悲《かな》しいよ。」

スキデンユキデンはそういって、肩《かた》を落としました。

やがて日がのぼってくると、朝もやも消《き》えていきました。ヒッジの群《む》れがのんびりと草をはむ牧草地《ぼくそうち》を通りぬけると、うってかわって、ごつごつの岩場《いわば》になりました。

ときたまであっていた人かげや人家《じんか》も、まったくなくなりました。それでも、行く手には目《め》じるしのサンザシの木がぽつんぽつんと立って、手招《てまね》きしていましたから、黒《くろ》ばらさんたちが道にまようことはありませんでした。

とちゅうで、くちかけた石積《いしづ》みの塔《とう》を見つけて、一行《いっこう》はすこしだけ休憩《きゅうけい》し、大いそぎで食料《しょくりょう》を口におしこみました。

しかし、そうしているあいだにも、ふいに風がそばをふきすぎていったり、鳥《とり》の群《む》れが、蜂《はち》の羽音《はおと》のような音をさせて頭上《ずじょう》をとんでいったりしました。

「ああ、みんな、妖精《ようせい》のお城《しろ》をめざしてるんだね。」

「あっしらもいそいだほうがよさそうだッケョー！」

ケケーロが、金の指輪《ゆびわ》から頭をつきだしていったのをきっかけに、一行《いっこう》はまた歩きだしました。

太陽《たいよう》は、ちょっと顔をだしたと思ったら、かったるそうに弱々《よわよわ》しい光をまきちらしただけで、さっさと帰りじたくをはじめているようでした。

しかも、西の空から消炭色《けしずみいろ》の雲《くも》がひろがってきて、あたりを陰鬱《いんうつ》な風景《ふうけい》にかえようとしています。

「いまにも降《ふ》りそうだよ。」

スキデンユキデンが鼻《はな》を空にむけていうと、ヤルマルもうなずいていいました。

「雪《ゆき》にならなきゃいいがな。」

「すくなくとも、お城《しろ》の門《もん》にはいるまではお天気がもってほしいわね。」

三人は、白い息《いき》をはきだしながら、祈《いの》るような気持ちでいいかわしました。

あとは自然《しぜん》に口数もすくなくなって、さきをいそぎました。

ついにめざす湖《みずうみ》が見えてきたときには、ぶあつい雲の下から太陽《たいよう》がちょうど半分ほど顔をだし、湖のむこうにしずんでいくところでした。

「あぶなかった！」

「すべりこみセーフだっケ！」

「このほとりのどこかに妖精《ようせい》の城門《じょうもん》があるはずよ。」

太陽《たいよう》は、湖水《こすい》に光のしずくをこぼしながら、見る見るうちに頭をしずめていきます。

「妖精《ようせい》のお城《しろ》の門《もん》はどこにあるのかしら。」

湖《みずうみ》のまん中には、緑《みどり》の木々《きぎ》でおおわれた小さな島《しま》がぽつんとあるばかり。そして、黒《くろ》ばらさん一行《いっこう》のそばには、背丈《せたけ》よりも高い大岩《おおいわ》がどしんとそびえたっているばかりでした。

「ほんとにここでいいのけえ？　ほかの妖精《ようせい》たちのすがたも見えねえ。」

ヤルマルが不安《ふあん》そうにあたりを見まわしていいましたが、スキデンユキデンは、ぱっと笑顔《えがお》になりました。

「いや、おいらにゃ見えるさ。その草のかげ。木の根《ね》もと。岩《いわ》の間。ドワーフやゴブリンたちでいっぱいだ。みんな、湖《みずうみ》のむこうに太陽《たいよう》が落ちる瞬間《しゅんかん》を待《ま》ってるよ。」

「ケケ！　ほんとだ！　もうすぐ、もうすぐって、ささやきあってるっケ。」

「そうなの？」

黒《くろ》ばらさんもじっと目をこらすと、ほんとうに、いままで岩《いわ》だとばかり思っていたところに、だれかがしゃがみこんでいるのが見えました。

そして、草《くさ》の間、木の根《ね》もと。いつのまにか、まわりじゅう、ぎっしりと妖精《ようせい》たちにかこまれていたのです。全員《ぜんいん》の視線《しせん》は、ただ一点《てん》、しずむ太陽《たいよう》にそそがれています。

「それにしても、ザワブルンの領主《りょうしゅ》たちはおそい……。」

つぶやいたとき、黒《くろ》ばらさんは、ほおに落ちるつめたいしずくを感じ、はっとして顔をあげました。

ついに小雪《こゆき》がまいだしたのです。

あわてて湖《みずうみ》のむこうに目をやれば、じわじわと流れてきた雲《くも》が、ついに太陽《たいよう》を完《かん》全《ぜん》にかくしてしまいました。

「おおっ！」

「なんと！」

あちこちで落胆《らくたん》の声がひろがり、いっせいにわきあがった妖精《ようせい》たちのため息《いき》が、ハエの羽音《はおと》のように、黒《くろ》ばらさんの耳にもおしよせてきました。

「わーん！　これから、せっかく妖精《ようせい》の城門《じょうもん》がひらくってときに……。」

黒《くろ》ばらさんのマントの裾《すそ》をにぎったまま、スキデンユキデンが声をあげて泣《な》きだしました。

黒ばらさんは、ひっしに祈《いの》りました。

目をとじ、両手《りょうて》をにぎりしめ、ひたすら、風が雲をふきはらうことを祈り、雲間《くもま》から太陽《たいよう》が顔をだしてくれるのを念《ねん》じました。

と、声にならないどよめきをきいたような気がして、黒《くろ》ばらさんは目をあけました。

雲間《くもま》にほんの花びらひとひらほどの、すきまができて、その窓《まど》から、ひと筋《すじ》の光がまっすぐに大岩《おおいわ》を照《て》らしていました。

まだまいつづけている小雪《こゆき》は、光の筋の中で、きらきらと銀《ぎん》の砂粒《すなつぶ》のようにまいおどっています。

「わあ、きれい！」

黒《くろ》ばらさんは、思わず雪の乱舞《らんぶ》に見とれました。

「センセー！　センセーョー！」

耳もとでケケーロの声がささやきます。

ふりむくと、太陽《たいよう》の光がまっすぐに大岩《おおいわ》にそそがれ、岩肌《いわはだ》にアーチ形《がた》の筋《すじ》がくっきりとうかびあがるところでした。そのアーチの中の一か所に、大きな鍵穴《かぎあな》が見えます。

いまにもまた雲《くも》にかくれてしまいそうな心ぼそい光でした。

が、たしかに鍵穴《かぎあな》に太陽《たいよう》の光がさしこまれた瞬間《しゅんかん》、ゴゴゴーッとにぶい地響《じひび》きのような音をたてて、アーチ形《がた》の門《もん》がひらきはじめました。

「おおっ！」

「ひらいたぞ！」

「いまのうちだ！」

この瞬間《しゅんかん》を待《ま》ちこがれていた人も妖精《ようせい》も、門の中へなだれこんでいきます。

「オバサン！　早く！」

スキデンユキデンが、黒《くろ》ばらさんの手をにぎっていいました。

「で、でも……ザワブルンの領主《りょうしゅ》が……。」

ほんとうに、どうしたというのでしょう。

しかし、ぐずぐずしていたら、城門《じょうもん》はしまってしまいます。

「スキデンユキデン！　ヤルマル！　ケケーロ！　いくわよ！」

覚悟《かくご》をきめた黒《くろ》ばらさんが、ふたりとしっかり手をつなぎ、ケケーロが自分の胸《むね》にとまっているのをたしかめ、最後《さいご》にもういちど、未練《みれん》がましくうしろをふりかえったときでした。

聞《き》き覚《おぼ》えのある、「シュー！　シュー！」という音が、上空《じょうくう》からきこえてきました。

「あれは……？」

見れば、ほうきに乗った黒《くろ》ずくめの人が、まさに、やかんの湯気《ゆげ》のような白い息《いき》をはきだしながら、湖《みずうみ》の上をまっしぐらにとんでくるではありませんか。

「ジャマーラ！」

そうです。十三番目《ばんめ》の魔女《まじょ》ジャマーラです。

「ま、まにあったわ！　さあ、あんたたちもいそいで！」

ジャマーラはつんのめるように着地《ちゃくち》すると、ほうきをかつぎ、長いスカートの裾《すそ》をからげて黒《くろ》ばらさんたちをせかしました。

「でも、ザワブルンの領主《りょうしゅ》たちがまだ……。」

「きゅうにこられなくなったのよ。わけはあとで話すわ。早くしないと、城門《じょうもん》がしまる。」

なにがなんだかわからないまま、黒《くろ》ばらさん一行《いっこう》は、城門の中へかけこんでいきました。

16　地の下の城《しろ》

直後《ちょくご》に地響《じひび》きがして、ふりかえると岩《いわ》の門《もん》がとじられたところでした。日が完全《かんぜん》に落ちたのです。

黒《くろ》ばらさん一行《いっこう》は、行列《ぎょうれつ》のしんがりを奥《おく》へ奥へとすすんでいきました。

ゆるい下《くだ》り坂《ざか》の階段《かいだん》は、しだいに地下深《ふか》くまでもぐっていくようです。

「ははあ、この通路《つうろ》は湖《みずうみ》の沖《おき》にあった島《しま》の下にいくのかも……。」

ようやくひと息《いき》ついたのは、大広間《おおひろま》に用意《ようい》された席《せき》についてからでした。

見あげれば、天井《てんじょう》があるはずの頭上《ずじょう》には、漆黒《しっこく》のビロードをはったような夜空《よぞら》にちかちかとまたたく星《ほし》、星、星……。

「クエー？　ここは湖《みずうみ》の底《そこ》じゃなかったんだッケー？」

ケケーロがきょとんとした声をあげました。

「さあね。天井《てんじょう》に宝石《ほうせき》でもはめこんであるんじゃないの？」

黒《くろ》ばらさんがそっけなくこたえると、ヤルマルは大まじめな顔でいいました。

「いんや。宮殿《きゅうでん》の天井《てんじょう》が吹《ふ》きぬけになってるにちげえねえ。」

「ふえー！　青天井か！」

スキデンユキデンが、すっとんきょうな声をだしました。

それよりも黒ばらさんが気になるのは、ザワブルンの領主《りょうしゅ》たちのことです。

「ザワブルンの領主たちに、なにかあったの？」

あれだけ妖精《ようせい》たちとの付《つ》き合《あ》いをだいじにしていた領主が、夫妻《ふさい》ともこられなくなったとは、よほどのことがあったにちがいありません。

すると、となりにすわったジャマーラは、マシンガンのようにしゃべりはじめました。

「領主《りょうしゅ》の娘《むすめ》がね、高熱《こうねつ》をだして寝《ね》こんじゃったのさ。はやり病《やまい》の黒死病《こくしびょう》にでもかかったんじゃないかと、そりゃ、もう大さわぎよ。そこであたしがよばれたんだよ。あたしの呪《のろ》いのせいだとうたがったんだね。だけど、十五の誕生日《たんじょうび》に糸車《いとぐるま》のツムにさされるまでは、あたしの知ったことじゃないよ。」

「じゃあ、どうしてお姫《ひめ》さまは?」

「ただの風邪《かぜ》だろ? そりゃ姫だって、風邪もひけば、腹痛《ふくつう》もおこすさ。」

「ごもっとも。」

「だけど、あんまり両親《りょうしん》がなげきかなしむんでね、まあ、がらにもなくかわいそうになっちまってさ。姫さまには、元気になる薬草《やくそう》を調合《ちょうごう》してあげて、なおかつ、姫のもとをはなれたくない領主《りょうしゅ》たちのかわりに、こうしてあたしがとんできたってわけなのさ。」

「そう。じゃあ、ザワブルンの領主の名代《みょうだい》できたってわけね。」

「まあね、妖精《ようせい》の婚礼《こんれい》に欠席《けっせき》してなにかしかえしされたらたいへんだって、あんまりくよくよ心配《しんぱい》するからさ。」

ジャマーラは、あいまいな笑《わら》いをうかべました。

「ふうん! あなたもほんとはいい魔女《まじょ》なのね。」

思わず黒《くろ》ばらさんが感心《かんしん》すると、ジャマーラはとたんに鼻《はな》にしわをよせました。

「けっ! やめてよ。いい魔女だなんて、気色《きしょく》わるい。ただ、いきがかりでそうなっただけ、っていうかー、ぶっちゃけた話、あれからまた、いろいろと新しい事《じ》実《じっ》が明るみに出てさ。あたしがそれほど、あの領主《りょうしゅ》をうらむ筋合《すじあい》もないような気がしてきたんだよね。」

「あら、どうして？」

するとジャマーラは、きまりわるそうにちょっと鼻《はな》にしわをよせ、肩《かた》をすくめてみせました。

「あたしの娘《むすめ》は、領主《りょうしゅ》のさしがねでさらわれて、闇《やみ》から闇へ葬《ほうむ》られたにちがいないって思ってたけどさ、どうもあたしの思いちがいだったみたいなんだよね。」

「えーっ？　どうして、どうして、どうしてなのよ。」

「じつはあの当時《とうじ》あのあたりで、オオカミが赤《あか》ん坊《ぼう》をくわえて逃《に》げていくところを目撃《もくげき》したっていう人にであっちまったのさ。」

「ひえー！　じゃあ、赤ん坊はオオカミにさらわれたってわけ？」

「ま、あのころは、森《もり》の中にもオオカミはうようよいたからね。腹《はら》をすかせたオオカミが赤ん坊をさらっていった可能性《かのうせい》もなくはないよ。ふはーっ……。」

ジャマーラはふかいため息《いき》をつきました。

このあいだあったときよりも、がっくりと年《とし》をとったようにも見えます。

「かわいそうな赤ちゃん……。」

黒《くろ》ばらさんはジャマーラの肩《かた》をだくと、心から同情《どうじょう》していいました。

そうこうしているうちに、広間《ひろま》をうめつくした円《まる》テーブルには、それぞれ、種族《しゅぞく》別《べつ》に妖精《ようせい》たちが席《せき》についたようです。

テーブルからテーブルへ、とんぼの羽《はね》をふるわせながらとびまわっている小さな女の子がいましたが、やがて、仲間《なかま》たちの席を見つけておちつきました。

「ケケッ！　ごちそうにありつけるのは結婚式《けっこんしき》のあとケー？　婚礼《こんれい》のごちそうって、どんなんだろーっケケー？」

のんきにごちそうを期待《きたい》しているのはケケーロだけで、黒《くろ》ばらさんもヤルマルも、スキデンユキデンも、それぞれに、さがしもとめる人を見つけようと、きょろきょろと視線《しせん》をさまよわせました。

もちろん、黒ばらさんはひでくんを。ヤルマルは母親《ははおや》を。スキデンユキデンはツリガネ草《そう》を……。

「あれが、妖精王《ようせいおう》と女王《じょおう》だよ。」

ジャマーラが、そっとひじをつついて教えてくれました。

見れば、いつのまにか、正面《しょうめん》の玉座《ぎょくざ》には、片側《かたがわ》に王冠《おうかん》をかぶった小がらで背《せ》をまるめた老人《ろうじん》。もう片側には、高く髪《かみ》を結《ゆ》いあげたすらりとした美《うつく》しい婦人《ふじん》がすわっています。

（では、あれが、ひでくんと契約《けいやく》をかわしたというパフ女王《じょおう》なのね。）

パフ女王は、裾《すそ》の長いきらびやかな衣装《いしょう》も、王冠《おうかん》も髪《かみ》の色も肌《はだ》の色も、なにからなにまですきとおるようなうす桃色《ももいろ》でした。

「んま！　全身《ぜんしん》ピンク……。あっ！」

黒《くろ》ばらさんは大声で叫《さけ》びそうになって、あわてて口をおさえました。

仮面作《かめんづく》りの村《むら》であった婦人《ふじん》……！

まちがいありません。

「どうしたのさ。」

ジャマーラがけげんそうに黒《くろ》ばらさんを見ています。

「あたし、あの人にあったことあるわ。」

ふいに思いあたりました。

（そうか！　ザワブルンの領主《りょうしゅ》の館《やかた》で、ひでくんの腕《うで》をとってさらっていったのも、彼女《かのじょ》だったんだ。）

うかつでした。あのときすでにひでくんは、妖精《ようせい》女王との契約《けいやく》にがんじがらめにしばられていたのです。

それにしても、ひでくんとパフ女王《じょおう》の契約《けいやく》はどうなったのでしょう。

黒《くろ》ばらさんは、ひでくんのすがたをさがしました。

でも、客席《きゃくせき》にも玉座《ぎょくざ》の付近《ふきん》にも、それらしい人のすがたは見あたりませんでした。

＊

スキデンユキデンは、いてもたってもいられませんでした。

ただ、じっと結婚式《けっこんしき》がはじまるのを待《ま》っているなんて、たえられません。

（どうにかしなくちゃ。ねえ、黒《くろ》ばらさん、どうしたらいいの？）

何度《なんど》か黒ばらさんのひじをつついたのですが、黒ばらさんはジャマーラとむちゅうになって話しこんでいるばかり。

スキデンユキデンは、そっといすからすべりおりました。

（なにがなんでも結婚式《けっこんしき》がはじまるまえに、ツリガネ草《そう》を見つけなきゃ……。もしもあの子が、いやいや妖精王子《ようせいおうじ》と結婚させられようとしているんなら、おいらはなんとしてもすくいだしてあげなきゃ……。そのために、おいらはカンボランダ・サークルから出てきたんじゃないか。）

テーブルの下から下へつたいあるきながら、どうやらだれにも見とがめられることもなく、奥《おく》の部屋《へや》につうじるとびらのすきまからするりとぬけだしました。

とびらの外は、だだっぴろい吹《ふ》きぬけをとりかこむ豪華《ごうか》な円柱《えんちゅう》をめぐらした回《かい》廊《ろう》でした。そして、その回廊の一角《いっかく》からは、さらに地下につづく階段《かいだん》がのびています。

「フーン。さすがは妖精《ようせい》のお城《しろ》だなあ。おなじ地面《じめん》の下でも、ノームの木の根《ね》っこの家とはおおちがいだよ。」

スキデンユキデンは、回廊《かいろう》の円柱《えんちゅう》のすきまから首をつきだして、吹《ふ》きぬけの下をのぞきこんでみました。どこまで深《ふか》いのか、光もとどかない巨大《きょだい》な穴《あな》がまっ黒《くろ》な口をあけているばかりです。穴の奥《おく》のどこかで湖《みずうみ》とつながっているのでしょう。波《なみ》しぶきのような音がかすかにきこえ、つめたい風がビュービューふきあがってきます。

「ブルル！　さぶっ！」

スキデンユキデンは首をひっこめ、あたりを見わたしました。

「もしも、これから結婚式《けっこんしき》があの広間《ひろま》でおこなわれるんだとしたら、ツリガネ草《そう》は、いまごろきっとどこかの部屋《へや》で、式のしたくをしているにちがいないよ。」

そう考えついたスキデンユキデンは、風のように階段《かいだん》をかけおりていきました。するど、そこはまたもや回廊《かいろう》になっていて、片側《かたがわ》にずらりととびらがならんでいます。

「ウキキ。黒《くろ》ばらさんやケケーロが、のんびり結婚式《けっこんしき》を待《ま》っているあいだに、ツリ

ました。

「ツリガネ草《そう》をすくいだすぞ。」

スキデンユキデンは、手近《てぢか》のとびらにぴったり耳をつけて中のようすをうかがい

ひとつ目の部屋《へや》にも、二つ目の部屋にも、人のいる気配《けはい》はありませんでした。

ドワーフの指輪《ゆびわ》を首にとおしたケケーロほどではないにしても、ノームの耳も、人間の耳よりはるかに物音《ものおと》をききとる力がありました。

三つ目の部屋《へや》のとびらからは、かすかに話し声がきこえました。

「まったく王子があんな子を見そめるとはね。」

「なんて見る目がないんだろ。」

「ほんとよ。あたしたちがいながら。」

どうやら中には、何人《なんにん》か女の人がいるようです。

「ツリガネ草《そう》も、玉《たま》の輿《こし》に乗ったと思ってるんだろうけど、いまに後悔《こうかい》するわよ。」

ふいにツリガネ草の名前がとびだしたので、スキデンユキデンは、びくっととびあがりました。

「だけどあの子のおふくろさんが、妖精《ようせい》の市《いち》で、掘《ほ》りだしものを手にいれたってよろこんでたのが気になるわね。」

「ふーん、なんだろ。」

「なんだろねえ。」

それから、女たちはだまりこみました。

「ウキキ。この部屋《へや》にいるのは、あれだな。妖精王子《ようせいおうじ》の三人の奥《おく》さんたちだな。ともかく、ここにはツリガネ草《そう》はいないんだ。」

スキデンユキデンは、そっとその場《ば》からはなれると、つぎの部屋にむかいました。

つぎの部屋《へや》は、とびらに耳をおしあてるまでもなく、中から陽気《ようき》な歌声がもれきこえてきました。

♪めっけた　めっけた　かわいい子
すてきな王子《おうじ》にゃ　かわいい花嫁《はなよめ》
だれから見たって　おにあいさ
もうすぐ　ぼくちゃんのものになる
かわいい　かわいい　ツリガネ草《そう》
ムッフッフ!

「妖精王子《ようせいおうじ》だ！」

スキデンユキデンは、カーッと頭に血《ち》がのぼりました。

すんでのところで、部屋《へや》にとびこんで、顔をひっかいてやろうとしたのですが、
かろうじてこらえました。

（ウキー！　ばか王子！　ツリガネ草《そう》はおまえなんかにゃもったいないやい。）

心の中で悪態《あくたい》をつくと、また、つぎの部屋にむかいました。

その部屋《へや》の中からは、しゃがれた声がしました。

「ほうれ。こっちをむいて笑《わら》ってごらん。きれいだよ。」

（ウキ？　だれだろう。ひょっとしてツリガネ草がここにいるのかも……。）

スキデンユキデンは、とびらにめりこみそうに耳をおしつけました。

「…………。」

でも、ツリガネ草の声はきこえません。

「うーん。やっぱりティアラがイマイチだったね。あのドワーフたちめ。値切《ねぎ》った
ぶん、安物《やすもの》をよこしたんだね。だけど、こっちにゃ、とっておきのお宝《たから》があるさ。

ひひ。これだよ。さあ、これをどこかにかくしておおき。」

「…………。」

「そうそう。それでいい。で、今晩《こんばん》、それを王子《おうじ》といっしょにおなじグラスから飲《の》むんだよ。そうすりゃ、もう王子は、ほかの女にゃ目もくれなくなる。一切合財《いっさいがっさい》、おまえの言いなりだ。あたしも苦労《くろう》のしがいがあったというものさ。」

（ああ、ツリガネ草《そう》……。やっぱりここにいるんだね。）

とびらの外で身《み》もだえしていたスキデンユキデンは、そのとき、いきなり中からひらいたとびらに、はねとばされそうになりました。

あわててとびらのかげに身をひそめると、出てきたのは枯《か》れ木《き》のような手足をした小がらな女でした。

「じゃあ、ちょっと待《ま》ってるんだよ。あたしも自分のしたくをしてくるから。……いいかげんにその泣《な》きっ面《つら》をやめなさい。ここまでおまえをそだてあげたこのあたしに、かんじんなところで赤《あか》っ恥《ぱじ》をかかせるんじゃないよ。」

枯《か》れ木女《きおんな》はそうすごむと、とっとと回廊《かいろう》のさきへ歩きだしました。

とびらのしまる直前《ちょくぜん》に、スキデンユキデンは、さっと部屋《へや》の中へすべりこみました。

純白《じゅんぱく》の花嫁《はなよめ》衣装《いしょう》に身《み》をつつんだ少女がひとり、ソファーにこしかけたまま、うなだれていました。

「ツリガネ草《そう》……。ツリガネ草だよね。」

スキデンユキデンがそっと声をかけると、少女は顔をあげました。

小さなノームの子どもが目の前に立っているのを見ると、けげんそうに小首《こくび》をかしげました。

「たすけにきたんだよ。いっしょに逃《に》げよう。」

スキデンユキデンは、片手《かたて》をさしのべました。

「あなたは……？　あ、妖精《ようせい》の市《いち》で帽子《ぼうし》をひろってくれた人ね。」

「おぼえてくれていたんだ！　ウキキー！　感激《かんげき》！　おいら、たすけにきてよかった。さあ、早く！　さっきのおばさんがもどってくるまえに！」

スキデンユキデンは、ツリガネ草《そう》の手《て》をにぎってひっぱりました。

「で、でも……逃《に》げるって、どこへ？」

「どこでもいいよ。とりあえず、どこかへかくれよう。このままじゃ、きみはあの妖精王子《ようせいおうじ》のお嫁《よめ》さんになるしかないんだよ。」

すると、ツリガネ草は、スキデンユキデンの手をふりはらっていいました。

「わかってるわ。でも、お母さんをうらぎることなんてできない……。」

「ウキ？　お母さんて、いまのおばさんのこと？」

ツリガネ草《そう》は、泣《な》きそうな顔でうなずきました。

「あ、気をわるくしたらごめんね。だって、ぜんぜん似《に》てないんだもの……。」

「そうでしょうね。ほんとうのお母さんじゃないから……。」

「ウキー！　やっぱり！」

「赤《あか》ん坊《ぼう》のとき、どこかにすてられていたあたしをひろってそだててくれたの。」

「ウキー？　そうだったの！　どうりで似てないわけだよ。」

「だからあたし、恩返《おんがえ》ししなくちゃいけないの。妖精《ようせい》の王子《おうじ》さまは、どうせすぐにあたしにあきるわ。お母さんがよろこぶんなら、これでいいの。それに……。」

「それに？」

「あの方《かた》がいなくなってしまったいまとなっては、いまさらどこかへ逃《に》げたって、あたしの生きる道はないの。」

「あの方って？」

「タムタムリンって、みんながよんでる人よ。やくそくの時間《じかん》にあらわれなかったの。」

ツリガネ草《そう》がうつむくと、涙《なみだ》がひと粒《つぶ》あふれてほおをつたいました。

「ウキー？　ってことは、そいつ、女王《じょおう》との契約《けいやく》をまもれなかったんだ。」

ツリガネ草《そう》はうなずきました。

「ひでえやつだ。じゃあ、そいつは女王《じょおう》の奴隷《どれい》になっちまったんだね。」

口では怒《おこ》ってみせながら、スキデンユキデンの口もとは、自然《しぜん》にほころんできました。

「でも、このおいらがいるじゃないか。ともかく、おいらといっしょにここを出よう。ここ以外《いがい》にだって、世界《せかい》はあるんだよ。ここにいたら、きみは幸《しあわ》せになれない気がするよ。もっと広い世界で、ほんとうの幸せを見つけるんだ。さあ！」

スキデンユキデンは、ふたたび、手をさしのべると、万感《ばんかん》の思いをこめてツリガネ草《そう》を見つめました。

すると、ツリガネ草は、しばらくスキデンユキデンの小さな手を見つめていたかと思うと、おずおずと自分の片手《かたて》をさしだしてきたではありませんか。

「ありがとう……あなたのお名前、教えて……。」

スキデンユキデンは誇《ほこ》らしくて、「ウッキッキ！　やったやった！」と叫《さけ》びながら、部屋《へや》じゅうをはねまわりたい気分《きぶん》だったのですが、そこをぐっとおさえて、静《しず》かにいいました。

「おいら、ノームのスキデンユキデン！」

「スキデンユキデン……？　すてきな名前……。」

「ウッキッキ、キキキキ！」

ついにスキデンユキデンはこらえきれずに、笑《わら》いながら部屋《へや》じゅうをとびはねてしまいました。

はっとわれにかえり、

「こうしちゃいられない。早くここを出なくちゃ！」

あわてて、手をとりあってとびらの外へかけだそうとしたのですが、すでにおそすぎたようです。

「そうはうまくいくもんじゃないわよ。」

そんな声がしたかと思うと、三人の小さな女たちがおりかさなるようにして、とびらの外からおしいってきました。

ツリガネ草《そう》は、あっと叫《さけ》んだまま、その場《ば》にかたまってしまいました。

（妖精王子《ようせいおうじ》の奥《おく》さんたちだ……。）

スキデンユキデンも、体じゅうから血《ち》の気《け》がひいていきました。

風船《ふうせん》のようにまるっこい顔をした赤いドレスの女。

真四角《ましかく》な顔をした緑《みどり》のドレスの女。

そして、みごとに逆三角形《ぎゃくさんかくけい》の顔をした黄色《きいろ》いドレスの女。

おなじなのは、そろって眉《まゆ》をつりあげているところだけです。

「ウキ！　そ、そこをどいておくれよ。」

ツリガネ草《そう》の手をとったまま、スキデンユキデンは、三人の女たちのすきまをすりぬけようとしたのですが、あっというまに、ひとりの女に首根《くびね》っこをつかまえられてしまいました。

「ウキキー！　はなせ！　はなせったら！」

じたばたあばれたのですが、ほかのふたりの女にも腕《うで》や足をつかまれて、身動《みうご》きできなくなりました。小がらな体からは想像《そうぞう》もできないほど、ものすごい力です。

「こいつはだれだ？」

「その赤帽《あかぼう》は、ノームの子どもだね。」

「だれでもいいやい。ツリガネ草《そう》は、おいらが広い世界《せかい》につれていくんだよ。」

それをきくと、女たちはゲラゲラ笑《わら》いだしました。

「きいたかい？　いさましいちびっこだねえ。」

「ツリガネ草も、えらいやつにほれられたもんだ。うおっほっほ！」

そこでまた三人は、ひとしきり笑《わら》いころげました。

「さあ、こいつらをどうしてくれよう」と緑《みどり》の服《ふく》。

「やっちまおう！」

と、赤い服が胸《むな》もとからなにかをつかみだそうとしました。

「そのまえに、ツリガネ草《そう》からあれをいただかなくちゃ！」

黄色《きいろ》いドレスが目くばせすると、ほかのふたりもうなずきました。

「そうそう。」

「お宝《たから》をね。」

黄色《きいろ》いドレスが、ぐいと一歩《ぽ》ツリガネ草《そう》に近づいて、片手《かたて》をだしました。

「さあ、およこし。おまえのおふくろさんが妖精《ようせい》の市《いち》で買ったお宝《たから》だ。」

「えっ？　これは……。」

ツリガネ草は、思わず自分の胸《むな》もとに手をやりました。

「そんなところにいれてたんだね。それっ！」

女たちは、いっせいにツリガネ草にとびかかりました。

ツリガネ草の頭からティアラがはずれ、かわいた音をたてて床《ゆか》にころがりました。

「キキー！　やめろ！　やめろ！」

スキデンユキデンは、女たちをひきはがそうとしたのですが、ひじでつつかれて、あっけなくはじきとばされてしまいました。

「あった!」

「おお! それは、魔女《まじょ》の惚《ほ》れ薬《ぐすり》じゃないか!」

「とったよ!」

緑《みどり》の服《ふく》の女が、高だかと片手《かたて》をあげました。

「これさえあれば、王子《おうじ》もほかの女との結婚《けっこん》なんか、考えもしなくなるよ。」

「よし。じゃあ、いそいでこいつらをかたづけよう。」

「おふくろさんがもどってくるまえに、ひきあげないと。」

「おいらたちを、ど、どうしようっていうのさ。」

スキデンユキデンは、ツリガネ草《そう》をかばいながらいいました。

「この人は関係《かんけい》ないわ。逃《に》がしてあげて!」

ツリガネ草も、ずたずたにされてしまったベールをはずしながら、ひっしでいいました。

「まあ、じたばたしなさんな。」

「そうよ。このうらぎり者《もの》!」

「おまえなんか、最初《さいしょ》から王子《おうじ》と結婚《けっこん》する資格《しかく》がなかったのよ。おしおきされて

当然《とうぜん》。」

女たちは、それぞれの胸《むな》もとから白っぽい玉《たま》のようなものをつかみだすと、いきなり、ツリガネ草《そう》とスキデンユキデンにむかって、投《な》げつけました。

三つの白い玉は、ツリガネ草とスキデンユキデンにぶつかったとたん、音もなく破裂《はれつ》して、四方八方《しほうはっぽう》にネバネバする糸をはきだしました。

「あ、これは、クモの糸爆弾《いとばくだん》！」

ツリガネ草《そう》が、絶望《ぜつぼう》の叫《さけ》び声《ごえ》をあげました。

「なんだって？　クモの糸爆弾《いとばくだん》？」

クモの糸からのがれようと、のたうちまわればまわるほど、ネバネバの糸は、ますます全身《ぜんしん》にまとわりついて、たちまちふたりをぐるぐる巻《ま》きにしてしまいました。

そのようすを、三人の女たちはゆかいそうに見物《けんぶつ》しています。

とうとう、ふたりはどこもかしこもネバネバの糸に巻《ま》かれて、ミノムシのように床《ゆか》にころがされました。目や口までふさがれて、息《いき》をするのでさえやっとです。

「このままじゃ、すぐおふくろさんに見つかってしまう。かくさなきゃ。」

「よし。じゃあ、あそこに。」

「ふふ。それはいいね。あたしたちが手をよごさなくても、ぬしさまがかたづけてくれる。」

そんな声がしたかと思うと、スキデンユキデンの体は持ちあげられ、どこかに運《はこ》ばれ、ポーンとほうりだされました。二、三度《ど》バウンドして、とまったところをみると、なにかやわらかいものの上にほうりだされたようです。

ツリガネ草《そう》も、おなじようにそばにほうりだされたのでしょうか。たしかめようにも声は出ず、あたりを見ることさえできません。

「さあ、いこう。」

頭の上からそんな声がきこえてきたところからすると、ここは床下《ゆかした》か地下室《ちかしつ》のようなところでしょうか。

女たちはひきあげていこうとしています。ところが、ひとりが、待《ま》ったをかけました。

「ちょっとお待ち。その惚《ほ》れ薬《ぐすり》、あんたがひとりじめする気かい？」

「そうだよ。こっちによこし。」

もうひとりの女も、わりこみました。

「なんで、あんたにあげなくちゃいけないのよ。これは、あたしが自力《じりき》で、ツリガネ草《そう》からうばいとったんだよ。あたしがもらっておくわ。」

どうやら、緑《みどり》の女の声です。

「なに、いってるのよ。こっちによこせったら！」

「きゃあ！　なにするのよ！」

「そのすきに、あたしがもらったわよ。」

「わあ、ひどーい！　待《ま》て！」

たちまち、くんずほぐれつの奪《うば》い合《あ》いがはじまったようです。

（やれやれ……。こんなことなら、いっそ、早くあの枯《か》れ木女《きおんな》がもどってくればいいのに……。）

スキデンユキデンがあきれはてて、そう思ったとき、ドアがひらく音《おと》がしてだれかがはいってきました。

「かわいいかわいいツリガネ草《そう》！　おしたくはできたかい？」

（妖精王子《ようせいおうじ》だ！）

さすがの女たちも、あわてて静《しず》かになりました。

「あれ？　きみたち、どうしてここにいるの？　ツリガネ草はどこ？」

妖精王子の間《ま》のぬけた声がいいました。

「おほほ。あたしたちがきたときには、ツリガネ草はいなかったわよ。」

「もう、式場《しきじょう》にいったんじゃないかしら。」

「それとも、きゅうに気がかわって、逃《に》げだしたのかしら。」

女たちはすっとぼけました。

スキデンユキデンは、ここぞとばかり、体じゅうで、ボンボンはずみをつけてはねとんだのですが、王子《おうじ》はなにも気がつきません。

「あーん！　ツリガネ草《そう》！　どこ、いっちゃったんだよ。」

泣《な》き声《ごえ》をあげて出ていこうとする王子に、三人の女たちが追《お》いすがります。

「王子《おうじ》さま！　あんな子と結婚《けっこん》するの、やめましょうよ。」

「そうよ、そうよ。あたしたちがいるじゃないの。」

「王子さま、おねがい！　あの子は、王子さまをうらぎろうとしていたんだから！」

「ばかいうんじゃないよ。はなせ！　うるさい！　まとわりつくな！」

「はなさないわよ！」

「はなせったら！　早くしないと式《しき》がはじまっちゃうよ。」

王子は、まとわりつく女たちをひきずったまま、部屋《へや》を出ていったようです。

静《しず》かになりました。

17 湖《みずうみ》のぬしさま

　玉座《ぎょくざ》の前にいた楽士《がくし》たちがたからかにファンファーレをかなではじめると、広間《ひろま》の客《きゃく》はいっせいにおしゃべりをやめて正面《しょうめん》に注目《ちゅうもく》しました。

　いよいよ花婿《はなむこ》と花嫁《はなよめ》の登場《とうじょう》のようです。

　音楽がとぎれ、おごそかな静寂《せいじゃく》がおとずれるかと思いきや、奥《おく》からきこえてきたのは、なにやらかんだかいわめき声《ごえ》。

　あらわれたのは、小がらな男……。おなかばかりがぽこっとふくらんで、手足は枯《か》れ木《き》のようですが、冠《かんむり》をかぶっているところを見ると、あれが妖精王子《ようせいおうじ》にちがいありません。

「待《ま》って!」

「あたしたちがいながら、どうしてなのよ!」

「絶対《ぜったい》絶対、こんな結婚《けっこん》、とめてやるわ!」

わめきながら腕《うで》や足《あし》にしがみつく三人の女をなんとかしてふりはらおうと、水車《すいしゃ》のように両腕をふりまわしています。

「ははあ! あれが妖精王子《ようせいおうじ》の三人の奥《おく》さんたちね。」

「なにやら前途多難《ぜんとたなん》のようだねえ。」

黒《くろ》ばらさんとジャマーラは、あぜんとして顔を見あわせました。

しかし、黒ばらさんの胸《むね》には、ぽっと希望《きぼう》の灯《ともしび》がともりました。

ひょっとするとこの結婚式《けっこんしき》は、じゃまがはいってオジャンになるかも……。

妖精王子は、玉座《ぎょくざ》の前にやってくると、きょろきょろあたりを見まわしました。

「ぼくのかわいい花嫁《はなよめ》さんは? どこ? どこ? どこいったの?」

そのとき、妖精王《ようせいおう》がふゆかいそうな顔をして、玉座から立ちあがりました。

この王は、女王《じょおう》よりはるかに小がらで背中《せなか》の丸い老人《ろうじん》ではありましたが、ただものではない威厳《いげん》にみちていました。

「なんというブザマなすがたを見せてくれるのだ……。」

怒《いか》りをおさえた低《ひく》い声でつぶやくと、妖精王子《ようせいおうじ》は、さっとあおざめました。

「ご、ごめんなさい。父上。ちょ、ちょっと待《ま》ってちょうだい……。」

はいつくばってそういうと、三人の女をひきずったまま、いったん奥《おく》にひっこみました。

奥からは、なおも金切《かなき》り声《ごえ》やら怒号《どごう》やら、ドタンバタンもみあう音やらがもれきこえていましたが、ふいにプッツン！　テレビのスイッチでも消《け》したように、なにもきこえなくなりました。


スキデンユキデンは、ツリガネ草《そう》の部屋《へや》の床下《ゆかした》に、クモの糸にがんじがらめにされたまま、ほうりだされていました。

王子《おうじ》と三人の女たちがいなくなってからまもなく、枯《か》れ木女《きおんな》はもどってきました。

部屋《へや》のようすを見て、枯れ木女はすぐに、なにかただならないことがおこったのをさっしました。

床《ゆか》に落ちていたティアラと、ずたずたになったベールを見て、おおよその見当《けんとう》がついたのでしょう。

「ははーん！　ツリガネ草《そう》が花嫁《はなよめ》になるのがおもしろくない者《もの》のしわざだね。となると、犯人《はんにん》はおおよその見当《けんとう》がつくってもんだよ。ここからどっかへつれだした形《けい》跡《せき》はないねえ。となると、あたしなら、どうするか。そうだね。とりあえずは、花《はな》嫁《よめ》をどっかへかくしちまうね。」

枯《か》れ木女《きおんな》は、床下《ゆかした》につうじる階段《かいだん》をおりて、すぐに、ミノムシのように床にころがされたツリガネ草《そう》とスキデンユキデンを見つけだしたのです。

「おやまあ、とんだお客《きゃく》さまがきていたもんだ。となりにころがってるのはだれだい？　まあ、いまはそんなこと、どうでもいい。時間がないんだ。妖精王《ようせいおう》のご機嫌《きげん》をそこねないうちに結婚式《けっこんしき》を終わらせないと、なにもかもがオジャンになる。」

スキデンユキデンはほったらかしたまま、枯《か》れ木女《きおんな》は、ツリガネ草《そう》を無事《ぶじ》にたすけだしました。

ずたずたになったベールのかわりをさがしだすのにてまどりましたが、ふたたび、妖精王子《ようせいおうじ》が部屋《へや》にやってきたときには、みごとにしたくがととのっていたのです。

部屋を出がけに、枯れ木女は、不吉《ふきつ》なひと言《こと》を残《のこ》していきました。

「ふっふっふ。あたしが手をくださなくても、もうすぐ腹《はら》をすかせたぬしさまがやってくるよ。」

そういえば、三人の女たちも、おなじようなことをいっていました。

（腹《はら》をすかせたぬしさまって、だれなんだろう？　やだなあ。人食《ひとく》い怪物《かいぶつ》みたいなのがやってくるのかなあ。）

スキデンユキデンは、せめて、黒《くろ》ばらさんにひと言《こと》ことわってくればよかったと、しきりに後悔《こうかい》していました。

さて、広間《ひろま》では、しばしの休憩《きゅうけい》のあと、にこやかに笑顔《えがお》をふりまきながら、さっきの妖精王子《ようせいおうじ》が、こんどは別《べつ》の若《わか》い女性《じょせい》の腕《うで》をとって、ふたたび登場《とうじょう》しました。

顔の前にベールをたらした白いドレスのその少女こそが、新しい花嫁《はなよめ》にちがいありません。

背中《せなか》のうしろにも長くたらしたベールは、どのくらい長いのか、裾《すそ》は奥《おく》のとびらのむこうに消《き》えているのでさだかではありません。

花嫁は、うつむいたままでした。

「あれは、ツリガネ草《そう》かしら。とすると、やっぱり、ひでくんは女王《じょおう》との契約《けいやく》をまもりきれずに、どこかで奴隷《どれい》にされてしまってるのね。」

黒《くろ》ばらさんは、がっくりと肩《かた》を落としました。

「お待《ま》たせしました。さきほどはどうもお見ぐるしいところをお目にかけました。

父上。もうだいじょうぶでございます。」

さっきの三人の女たちは、どこにも見えません。

妖精王子《ようせいおうじ》は、気《き》どって大きな身《み》ぶりであいさつ。

すると、両の耳《みみ》からたれたイヤリングと鼻《はな》の先《さき》っぽにつけたリングからたれさがった色とりどりの宝石《ほうせき》が、きんきらきーんと強い光をはなちました。

「あら？　さっきはあんな宝石つけていたかしら？」

黒《くろ》ばらさんは、首をかしげました。

ジャマーラもつぶやきました。

「やっちまったんだね。あの三つの宝石《ほうせき》は、さっきの女たちだよ。宝石にされても、きんきらうるさいこと！」

「えっ？　あれって、さっきの女たちなの？」

黒ばらさんは、びっくりです。

そういえば、緑《みどり》の服《ふく》を着《き》ていた女と、赤い服の女と、黄色《きいろ》い服の女たちでした。

いま、妖精王子《ようせいおうじ》がつけている宝石《ほうせき》は、赤いルビーと緑のエメラルド、そして、黄色のトパーズのようでした。

「そうさ。あの連中《れんちゅう》がよく使う手だよ。じゃまものは石にかえろってやつさ。あの妖精女王《ようせいじょおう》がつけてる宝石《ほうせき》だって、もとはなんだかわかりゃしないよ。」

「えーっ？　そ、そんなの、ありー？」

黒《くろ》ばらさんは、しげしげと妖精女王《ようせいじょおう》が身《み》につけているアクセサリーに目をこらしました。

全身《ぜんしん》うす桃色《ももいろ》の女王が、高く結《ゆ》いあげた髪《かみ》にはきらめくティアラ。ピンクダイアでしょうか。無数《むすう》のこまかい宝石がちりばめられています。

首からかけた細いくさりの先は、大きくあいた胸《むな》もとのドレスの中に消《き》えています。

そのほか、身につけているアクセサリーでめだったものといえば、片耳《かたみみ》だけにつけている大きな輪《わ》っかのイヤリング。輪の中で、ひときわまばゆい光をはなちながらピンク色の宝石《ほうせき》が揺《ゆ》れていました。

女王は、イヤリングの存在《そんざい》をたしかめるように、ときどき片手《かたて》で触《ふ》れています。

（ふーむ！　あやしい、あやしい！　絶対《ぜったい》あやしい！　そうだ！　スキデンユキデンの右目で見れば、真実《しんじつ》のすがたが見えるかも……。）

そう思った黒《くろ》ばらさんは、

「ねえ、スキデンユキデン……。」

といいかけて、ぎょっとしました。

いないのです。いつのまにか、スキデンユキデンがどこかにいってしまったのです。

「あら？　スキデンユキデンがいない！　どこいっちゃったのかしら。」

すると、黒《くろ》ばらさんの胸《むな》もとにとまったケケーロが、のんびりといいました。

「ああ、ちびの赤帽《あかぼう》は、クエー！　さっき、あのとびらから広間《ひろま》をぬけだしていったっけヨー！」

「なんですって？」

黒《くろ》ばらさんは、青くなって立ちあがりました。

＊

スキデンユキデンが、なんとか、がんじがらめのクモの糸からのがれようと、死《し》にものぐるいで体をねじったり、まげたりしていると、わずかにすきまがあいて、片目《かため》だけでうっすらとあたりが見えるようになりました。

それは、真実《しんじつ》のすがたが見える赤い瞳《ひとみ》の右目でした。

（うわあ！）

スキデンユキデンは、声にならない叫《さけ》び声《ごえ》をあげました。

華麗《かれい》な妖精城《ようせいじょう》の中の部屋《へや》に見えていたのは、土《つち》くれだらけの洞穴《ほらあな》だったのです。

スキデンユキデンがよこたわっていたのは、床下《ゆかした》いっぱいにはられたクモの巣《す》の上でした。

しかも、クモの糸は何重《なんじゅう》にもはられているようで、かなりの重量《じゅうりょう》にもたえるのでしょう。大岩《おおいわ》がゴロゴロとほうりだされていました。

(どうりで、ほうりだされたときに何度《なんど》もバウンドしたわけだ。)

それでも、かなしばりにあったように身動《みうご》きできないまま、目玉だけをきょろきょろうごかしていると、目のはしっこでなにかがうごく気配《けはい》がしました。

頭《あたま》の上、壁《かべ》の一角《いっかく》です。

ギクッとしてそちらに目をやると、なんと、壁の一部《いちぶ》がズルッズルッとずれていき、すこしずつ穴《あな》があいていくではありませんか。穴の奥《おく》から、つめたい空気と同《どう》時《じ》に生《なま》ぐさい魚のくさったようなにおいがしのびこんできました。かすかに、波《なみ》のしぶきのような音もきこえます。ついに、その穴は天窓《てんまど》のように大きくひらきました。

(ウキ？　キ？　どうなってんの？　な、なんかあそこからはいってくるんだよ。い、いやだよー。)

スキデンユキデンが心の中で悲鳴《ひめい》をあげたとたん、穴《あな》の奥《おく》から、いきなり黒《くろ》い太《ふと》い腕《うで》が片方《かたほう》のびてきました。ぬめぬめと光る大きな腕の先には水かきと、猛禽類《もうきんるい》のくちばしのようなつめがはえています。

（ウギャー！　で、で、出たー！）

枯《か》れ木女《きおんな》のいっていた、ぬしさまにちがいありません。水にぬれたように光っているいるところを見ると、湖《みずうみ》のぬしなのでしょうか。

指の先から水をしたたらせながら、のばした腕《うで》をブルーンとふりまわすと、つめの先がスキデンユキデンの足もとをかすめました。獲物《えもの》をひっかけてひきよせるつもりのようです。

スキデンユキデンは、ひっしで体ごところがって腕から逃《に》げようとしましたが、ネバネバのクモの巣《す》からはなれることはできません。ただ、おなじ場所で、ゆさゆさ揺《ゆ》れるだけでした。

もうすこしのところでつめの先にひっかけそこなった腕《うで》は、いったんひっこめられ、かわりに、穴《あな》いっぱいに巨大《きょだい》な顔がのぞきこみました。ぎょろりと目玉をむいてスキデンユキデンを見つめ、獲物《えもの》の居場所《いばしょ》をたしかめると、にやりと笑《わら》いました。見たこともきいたこともない怪物《かいぶつ》でした。魚とも獣《けもの》ともつかない顔の、耳もとまでさけた口にはするどくとがった歯《は》がならび、鼻《はな》の上にもあごのまわりにも海藻《かいそう》のようなひげが、ワサワサとはえていました。下半身《かはんしん》が魚のようになっているのか、足があるのかはわかりません。もちろん、スキデンユキデンは、見たくもありませんでしたが……。

ただ、いえることは、あの口の中にほうりこまれたら、ひとたまりもなくかみくだかれてしまうでしょう。

（ウギャア！　父ちゃんも母ちゃんも、この世《よ》にあんな怪物《かいぶつ》がいるなんて、ひと言《こと》も教えてくれなかったヨー！）

湖《みずうみ》の怪物は、ふたたび、右腕《みぎうで》をのばしてきました。

しかも、こんどは、床下《ゆかした》にはられたクモの巣《す》ごとひきよせるつもりなのか、腕をふりまわすこともなく、穴《あな》の近くのクモの巣につめをひっかけて、ひっぱりはじめたのです。

クモの巣《す》がひっぱられると、ミノムシのようにぐるぐる巻《ま》きにされたスキデンユキデンの体も大きく揺《ゆ》れました。

スキデンユキデンは、あせりました。

めちゃくちゃに体をよじったり、ねじまげたりしていると、ようやく口もとが自《じ》由《ゆう》になり、声がだせるようになりました。

「ウキー！　ウキキー！　たすけてー！　たすけてー！」

スキデンユキデンは、力のかぎり叫《さけ》びました。


黒《くろ》ばらさんは、このとき、ちょうど広間《ひろま》を出て、回廊《かいろう》から吹《ふ》きぬけをのぞきこんでいるところでした。

黒ばらさんの胸《むね》にとまったケケーロの耳に、かすかな叫《さけ》び声《ごえ》がきこえました。ケケーロは、ドワーフの指輪《ゆびわ》を首にはめていたのです。

「クエ？　いま、あいつの叫び声がきこえたような気がするッケョー！」

「え？　どっち、どっち？　どっちのほうから？」

耳をすませたケケーロは、しっぽで階段《かいだん》の下をさしていいました。

「あっちー！」

黒《くろ》ばらさんは、階段に突進《とっしん》していきました。

ツリガネ草《そう》の部屋《へや》にとびこんだものの、このとき、黒ばらさんにはまだ、部屋の内部《ないぶ》は華麗《かれい》な彫刻《ちょうこく》のほどこされたお城《しろ》そのものにしか見えませんでした。

「たすけてー！」

黒《くろ》ばらさんは、声のするほうを見おろしました。

「床下《ゆかした》だッケヨー！」

黒ばらさんが、床下への階段《かいだん》をかけおりたとき、すでに、湖《みずうみ》の怪物《かいぶつ》は、スキデンユキデンを穴《あな》の入り口までひきよせて、ぐるぐる巻《ま》きにしたクモの糸を、ゆっくりとつめの先でひきさいているところでした。

怪物が、クモの巣《す》ごと、スキデンユキデンを口の中にほうりこまなかったのは、せめてもの幸運《こううん》だったというべきでしょう。

とっさに黒《くろ》ばらさんは、なにかに変身《へんしん》しなければ……と思いました。ここからひとっとびで穴《あな》の場所にいきつき、スキデンユキデンをわしづかみにしているあの巨《きょ》大《だい》な腕《うで》に、するどいくちばしをつきたててやれるなにかに……。そう。イメージしたのは大ワシのくちばしを持ったドラゴン。

ためらう余裕《よゆう》もなく呪文《じゅもん》をとなえおわって、バサリと翼《つばさ》をうちふって、ひとっとびでスキデンユキデンをすくいにいくはずが、みょうに重たい体は、ごろりごろりと床下《ゆかした》のクモの巣《す》の上ををころがりました。

「セ、センセー！　いったい、どうしちまったんですかい？　ゾウガメですケヨー！」

頭の上で、ケケーロの声がしました。

「ええーっ？　ゾ、ゾウガメ？　やっちゃった……。」

黒《くろ》ばらさんは、へなへなと腰《こし》がぬけそうになりました。

それにしても、ケケーロはこんな場合《ばあい》でも、まだ、黒ばらさんの頭の上にしがみついているのでした。

「ウキー！　た、たすけてえ！　おいら、ぬしさまに食べられちまうよー！」

スキデンユキデンが金切《かなき》り声《ごえ》をあげました。

（このさい、ゾウガメだって、なんだっていい。あの水かきのついた腕《うで》にかみついて、この世《よ》の終《お》わりまではなれるものか……。）

黒《くろ》ばらさんは覚悟《かくご》をきめて、穴《あな》の入り口でくりひろげられている修羅場《しゅらば》にむかって、のっしのっしと近づいていきました。まるで、トランポリンの上を歩いているように床《ゆか》が揺《ゆ》れましたが、無理《むり》もありません。クモの巣《す》の上ですから。ゾウガメの体重《たいじゅう》にもたえられる丈夫《じょうぶ》なクモの巣であったことは、幸運《こううん》といわなくてはなりません。

やっとのことで、スキデンユキデンのところにいきついたとき、湖《みずうみ》の怪物《かいぶつ》は、半分ほどクモの巣からひきずりだしたスキデンユキデンを、ガッシとつめにひっかけて、そのまま、穴《あな》の中にひきいれようとしていました。

「そうはさせるもんですか！」

黒《くろ》ばらさんは、満身《まんしん》の力をあごにこめて、怪物《かいぶつ》の手にかぶりつきました。

「ググッ！」

たとえ、ゾウガメの歯《は》であってもすこしはこたえたらしく、怪物はうめき声をあげて、スキデンユキデンをつかんだ手をはなしました。

「キキー！　たすかった！」

スキデンユキデンは、体をつつんだクモの巣《す》からするりとはいでると、ころがるようにその場から逃《に》げていきました。

怪物《かいぶつ》の怒《いか》りはすさまじく、腕《うで》にくらいついているゾウガメの頭を、もう片方《かたほう》の手で、しゃにむにひきさこうとしました。

「セ、センセー！　あぶない！」

すんでのところで、黒《くろ》ばらさんは甲羅《こうら》の中に頭をひっこめました。

するどいつめが甲羅をひっかいたのを感じました。

（かたい甲羅でラッキーだったんだわ。）

しかし、黒《くろ》ばらさんは頭をひっこめたまま、どうすることもできません。

「ウキー！　ケケーロが！」

スキデンユキデンの叫《さけ》び声《ごえ》がした直後《ちょくご》、

「グワワオオー！」

雄《お》たけびなのか悲鳴《ひめい》なのか、耳をつんざくほどの怪物《かいぶつ》の声がひびきわたり、部屋《へや》じゅうが地震《じしん》のように揺《ゆ》れました。

思わず頭をだしてみると、どうでしょう。

穴《あな》の入り口に、きょとんとした顔でケケーロがしがみついているだけで、怪物のかげもかたちもありません。

「どうしたの？　あの怪物《かいぶつ》は？」

「へ？　あっしにもわけがわかりませんケー。きゅうにしっぽ巻《ま》いて、逃《に》げていっちまいやしたケ。」

すると、スキデンユキデンがはいずりながら近づいてきて、いいました。

「おいら、見てたよ。ケケーロが黒《くろ》ばらさんの頭からほうりだされたとき、金の指《ゆび》輪《わ》がはずれたんだよ。その指輪が、ぬしさまの目に当たったとたん、悲鳴《ひめい》をあげて逃げていったんだ。」

そういえば、ケケーロの首には金の指輪がありません。

「まあ、そうだったの。あの指輪《ゆびわ》にそんな力があったとは！」

きゅうに、ケケーロがふんぞりかえりました。

「クエ！　そんなこったろうと思って、あっしゃ、あの指輪を持ってきたんですケー！」

「えらい！　えらい！　あんたはえらい！」

こんどばかりは、黒《くろ》ばらさんも思いっきりケケーロをほめてあげました。

「さあ、いそいで結婚式場《けっこんしきじょう》にもどらなきゃ！」

「で、でも、センセー！　そのかっこう。ゾウガメですぜ。」

「あ、そうだった。もとにもどらなきゃ。」

きゅうに、黒ばらさんは、もとのすがたにもどれるかどうか、不安《ふあん》になってきました。

しかし、ゾウガメのままで結婚式に参列《さんれつ》するのは、いかにもまずいでしょう。

自信《じしん》のないまま呪文《じゅもん》をとなえて、そっと目をあけてみると、びっくりしたように見つめているスキデンユキデンとケケーロが目にとびこみました。

「あたし、どうなっちゃったの？」

おそるおそる下半身《かはんしん》を見てみた黒《くろ》ばらさんも、口をあんぐり。

なぜって、みごとにドラゴンに変身《へんしん》していたのですから……。

「いまごろ、ドラゴンになってもおそいっつーの！　んもう！　どうすりゃ、いいのよ。」

するとスキデンユキデンがいいました。

「ウキキ。だいじょうぶだよ、黒《くろ》ばらさん。首から上はもとにもどっているからさ。」

「えーっ？　ほんとに？　それじゃ、あたし、化《ば》け物《もの》じゃないのよ。ま、いいわ。ともかく、式場《しきじょう》にもどりましょう。」

とりあえず、黒ばらさんは長いマントで首から下をおおうと、広間《ひろま》の式場にむかいました。

18 妖精王子《ようせいおうじ》の結婚式《けっこんしき》

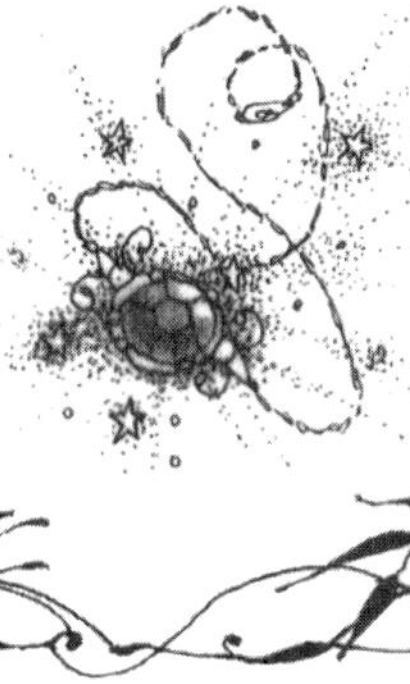

広間《ひろま》にもどってくると、すでに結婚式《けっこんしき》は山場《やまば》にはいっているようで、花婿《はなむこ》と花嫁《はなよめ》のあいだで儀式《ぎしき》がおこなわれようとしていました。

「はー！　ふー！　たすかった！　黒《くろ》ばらさん、ありがとう。」

いすにすわったとたん、スキデンユキデンは、きゅうにおそろしさがよみがえってきたようで、ガチガチふるえながら、いいました。

ジャマーラが、じろりと黒《くろ》ばらさんを見ていいます。

「あんた、どこいってたのさ。なんだか、ずいぶん、背《せ》が高くなってもどってきたじゃないの。」

「あら、そうお？　ちょっとわけがあって、首から下、こんなんで失礼《しつれい》するわよ。」

黒《くろ》ばらさんは、一瞬《いっしゅん》だけマントをぱっとひろげて、ジャマーラに見せてあげました。

ジャマーラは、たいしておどろいたふうもなく、

「まあ、ここじゃ、いろんなかっこうのやつがいるから、べつにかまわないけどさ。」

そういって、また、妖精《ようせい》の王と女王《じょおう》のほうに視線《しせん》をうつしました。

「そうそう。スキデンユキデン。まだふるえているところ、わるいんだけど、あの女王さまのイヤリングを、右目だけで見てほしいの。なにに見える？」

黒《くろ》ばらさんは、あらためてたずねました。

「あのピンク色のイヤリング？」

スキデンユキデンはまだ、ガタガタふるえていて、なかなかうまく片目《かため》がつぶれないようでした。

しかし、ややあって、「ひえ？」と、すっとんきょうな声をだしたかと思うと、

「ありゃ、カエルだあ！」と叫《さけ》びました。

「カ、カエル？」

黒《くろ》ばらさんは、思わずテーブルにつんのめってしまいました。

「そう。あのぷくっとふくらんだところはカエルのおなかだよ。なんで、女王《じょおう》さまは、カエルなんかぶらさげているんだろう。」

「さあね。ああ、でも、どうもありがとう。とうとう結婚式《けっこんしき》は、予定《よてい》どおりはじまってしまったらしいわね。」

黒ばらさんは、肩《かた》を落としていいました。

キリギリスを思わせる緑《みどり》のジャケットを着《き》た小さな老人《ろうじん》が、大きな糸巻《いとま》きを手に、花嫁花婿《はなよめはなむこ》に近づくと、ふたりの手と手をかさねあわせました。

「糸巻き……？　なに、しようとしているのかしら。」

黒《くろ》ばらさんがつぶやくと、ジャマーラが耳もとでささやきました。

「花嫁花婿の小指と小指を、妖精《ようせい》の糸でむすぶんだよ。むすばれちまえば、糸は目に見えなくなるけど、ふたりは絶対《ぜったい》はなればなれにならないのさ。ふたりがいっしょに糸を切らないかぎりね。人間の結婚式《けっこんしき》でかわす指輪《ゆびわ》なんかよりゃ、たしかだねえ。ふっふっふ。」

ジャマーラは他人《ひと》ごとのように笑《わら》っていますが、黒《くろ》ばらさんの胸《むね》のうちはおだやかではありません。

（い、いいのかしら。このまま、あのふたりが見えない糸でむすばれてしまっても……。）

すくいをもとめるように、黒《くろ》ばらさんが広間《ひろま》を見わたしたときでした。

はじのほうのテーブルで、ざわめきがおこったかと思うと、ふたりのドワーフが立ちあがって叫《さけ》びました。

「おそれながら、妖精《ようせい》の王さま。その結婚式《けっこんしき》、ちょっと待《ま》っておくんなせえ。」

いいながら玉座《ぎょくざ》に近づいていったのは、ぼさぼさの白髪《しらが》頭のドワーフです。

「あっ、あれは、妖精の市《いち》にいたドワーフの爺《じい》さんだッケョー！」

ケケーロが叫びました。

「その結婚式のまえに、ひとつ知りたいことがごぜえますだ。」

もうひとりのはげ頭のドワーフもつづけます。

妖精王《ようせいおう》は片手《かたて》をあげて糸巻《いとま》きの儀式《ぎしき》を制《せい》すると、ぎろりとドワーフたちをながめていいました。

「なんだね？」

「えーと、えーと。あっしらの知りたいのは、パフ女王《じょおう》とタムタムリンの契約《けいやく》がどうなったのかってことでごぜえます。」

ベールの下で、ツリガネ草《そう》が、はっとしたようにドワーフたちのほうを見つめたのがわかりました。

パフ女王のピンク色のほおにも、さっと赤みが増《ま》しました。

「わしらは、おめでたい結婚式《けっこんしき》に水をさすつもりは毛頭《もうとう》ございません。ただ、ぜひとも、契約《けいやく》の行《ゆ》くすえを知りたいんでございますよ。なにしろ、わしらの家宝《かほう》の行《ゆく》方《え》が、かかってるんで……。」

ふいに妖精王《ようせいおう》がかわいた笑《わら》い声《ごえ》をあげました。

「わっはっは！　読めたぞ。おまえたち、賭《か》けをしたんだな？　人間の若者《わかもの》が、女王との契約《けいやく》をまもれるかどうか、賭けたんだろう。どうだ。図星《ずぼし》だろう。」

ドワーフたちは、そろって妖精王の前にひれふしました。

「ははあ！　さすが、妖精《ようせい》の王さま。図星でございます。」

「しかしだな。人間の若者が女王との契約《けいやく》をまもりきれば、そのツリガネ草《そう》をつれて、すでに人間界《にんげんかい》へもどっているはずだろう？　な？」

妖精王《ようせいおう》は、となりのパフ女王《じょおう》に同意《どうい》をもとめました。

女王は、ますますほおを赤くしながらも、こっくりとうなずきました。

「そ、それでは、そのタムタムリンは、しずむ夕日《ゆうひ》が城門《じょうもん》の鍵《かぎ》をあけるまえに、この花嫁《はなよめ》とおしゃべりをしてしまったというわけで……？」

はげ頭のドワーフが心外《しんがい》だといわんばかりに女王《じょおう》の顔をあおぐと、白髪《しらが》のぼさぼさ頭のほうは、やったとばかりに両腕《りょううで》をつきあげました。

「ほっほう！　勝《か》ったぞ！　わしの勝ちじゃ！　これで、おめえさまのとこの家宝《かほう》の金のゴブレットはわしのものじゃ！」

「むむー！　くそっ！」

はげ頭のドワーフは、歯《は》がみをしてくやしがりました。

「王さま。どうもたいへんおじゃまをしました。さあ、どうぞ、めでたい結婚式《けっこんしき》をおつづけになってくださいまし。」

賭《か》けに勝ったドワーフは、相棒《あいぼう》をひっぱって席《せき》にもどろうとしましたが、負《ま》けたほうは、まだ納得《なっとく》がいかないようです。

未練《みれん》がましく花嫁《はなよめ》のそばに近づくと、ベールの下から顔をのぞきこむようにしてたずねました。

「花嫁《はなよめ》さんよう。ほんとうにこれでいいんですかい？　あんたとあの若者《わかもの》は、ほんとうに夕日《ゆうひ》の鍵《かぎ》が城門《じょうもん》にとどくまえにおしゃべりしちまったんですかい？」

「おい、もうよさねえか。」

白髪頭《しらが》に腕《うで》をひっぱられても、はげ頭はつづけます。

「わしゃ、おまえさんたちのことは、ときどき見かけて知ってただ。おたがいの心のうちは、お見とおしだったさ。家宝《かほう》の金のゴブレットなんぞを賭《か》けちまったのは、バカだったと思うがよ。実際《じっさい》、信《しん》じてたんじゃ。おまえさんたちが、かならず、女王《じょおう》との契約《けいやく》をまもりきるってな。」

きいているうちに、花嫁《はなよめ》が、ベールの下でふるえだしたのがわかります。

「だから、ほんとのことを教えてくだせえ。おまえさんが、首をたてに振《ふ》ったら、わしゃ、こんどこそ、あきらめる。おまえさんとタムタムリンは、夕日《ゆうひ》の鍵《かぎ》が城門《じょうもん》にとどくまえに、おしゃべりをしちまったんですかい？」

「いいかげんにしろ！」

白髪頭《しらが》がどなりましたが、意外《いがい》なところから声援《せいえん》がとんできました。

これまで、じっとなりゆきを見まもっていたお客《きゃく》たちが、いっせいにテーブルをたたいて叫《さけ》びだしたのです。

「そうだ、そうだ！」

「花嫁《はなよめ》さん、こたえてやってくれ！」

「ほんとのことをいってやってくれ！」

「タムタムリンはどこなの?」

「タムタムリンにいわせればいいんだわ!」

もちろん黒《くろ》ばらさんも、ここぞとばかり、テーブルをたたいて叫《さけ》びました。

「そうだ、そうだ! タムタムリンにいわせて! タムタムリンはどこなの!」

ついに、妖精《ようせい》の王が花嫁《はなよめ》をうながしました。

「そういうことだ。さあ、みなのもの、まずは、花嫁の答《こた》えをきこうではないか。」

王の言葉《ことば》をきいた花嫁は、みずからベールをあげました。

やはり、妖精《ようせい》の市《いち》で見かけたツリガネ草《そう》の帽子《ぼうし》をかぶった少女でした。

広間《ひろま》じゅうがしずまりかえりました。

「さあ。わしは、うそつきだけはゆるさんからな。」

王の言葉《ことば》にあと押《お》しされて、ついに花嫁《はなよめ》が口をひらきました。

「いいえ、いいえ。あたしたちは、けっしておしゃべりなんかしていません。あの人は、契約《けいやく》をまもったんです。しずむ夕日《ゆうひ》が城門《じょうもん》の鍵《かぎ》をあけるまで、ひと言《こと》もしゃべりませんでした。ええ、夕日がしずんだあとだって、いまにいたるまで、ひと言もしゃべっていません。だって……だって……あの人はやくそくの場所にこなかったんですもの。どこかへ消《き》えてしまったんです。」

「ほう。するとそなたたちは契約《けいやく》をまもったというわけだな。では、女王《じょおう》にきこう。その若者《わかもの》は、なぜ消えてしまったのだ？」

王に見すえられると、女王のほおから赤みが消えました。

「わ、わらわが知るわけは、ありませんわ。」

女王《じょおう》がこたえると、そのドレスの胸《むね》のあたりが、ぽうっと青くそまりました。

「ふん。なるほど。よくきくがいい、パフ女王《じょおう》。この場は、妖精王子《ようせいおうじ》の結婚《けっこん》式《しき》の場にもなりうるが、ひょっとすると、人間の若者《わかもの》とそちとの契約《けいやく》が破棄《はき》されるかどうかの、裁判《さいばん》の場にもなりうると思っていた。わしは、うそはゆるさんといったな。だから、そなたのドレスには、うそをついたら、色がかわるようにしておいたのだ。」

それをきいた女王《じょおう》は、あえぐようにのけぞりました。

ドレスをそめた青いしみは、水にとかしたインクのように、たちまち全身《ぜんしん》にひろがって、髪《かみ》の色からドレスまで、どこもかしこもまっ青《さお》になってしまいました。

「おお～！」

広間《ひろま》にどよめきがひろがりました。

王も王子もあっけにとられて立ちすくんだつぎの瞬間《しゅんかん》、とびらの奥《おく》からころがるようにとびだしてきた者《もの》がありました。枯《か》れ木女《きおんな》でした。

「おっかあだ！」

ヤルマルが叫《さけ》びました。

枯れ木女は花嫁《はなよめ》に近づくと、いきなり、ぐいとベールをひっぱって床《ゆか》に投げすて、足でふみにじりました。

それから、はっしと花嫁をにらみつけると、

「このばか！　恩《おん》知らず！」

そういって、花嫁のほおに、バシン！　と平手打《ひらてう》ちをくらわせました。

花嫁《はなよめ》は、ほおをおさえて床《ゆか》にくずおれ、泣《な》きじゃくりはじめました。

妖精王《ようせいおう》がゆっくりと玉座《ぎょくざ》から立ちあがり、パフ女王《じょおう》にむかいあいます。

「どういうことか、説明《せつめい》してもらおうじゃないか。」

すると女王も立ちあがり、ひらきなおったようにあごをあげていいました。

「わらわが契約《けいやく》をまもらなかったというのですか？　わらわは、タムタムリンなどという若者《わかもの》は知りませぬ。タムタムリンなどという名は、伝説《でんせつ》の騎士《きし》の名前。そのようなものと契約をむすんだ覚《おぼ》えはないぞえ。」

「ず、ずるーい！」

黒《くろ》ばらさんは、思わずつぶやきました。

妖精王《ようせいおう》が、ゆっくりと花嫁《はなよめ》の上に身《み》をかがめてたずねました。

「そういうことだそうだ。そなたがいっしょに人間界《にんげんかい》へもどるはずだった男の名前は、なんというんだね？」

「し、知りません。知りません。名前などたずねたこともありません。だって、あたしたちは口をきいてはいけなかったんです。」

花嫁《はなよめ》は、いっそうはげしく泣《な》きじゃくりました。

「それ、ごらんなさい。名前もわからないのに、どうして、わらわと契約《けいやく》をむすんだ若者《わかもの》といいきれるんでしょう。わらわはぞんじませぬ。」

女王《じょおう》がかちほこったようにいいました。

「もっとも、わらわでさえ、あの若者のほんとうの名前など知らぬのじゃ。おっほっほっほ！　くやしかったら、あの若者のほんとうの名前をしらべておいで。」

それをきいた黒《くろ》ばらさんは、静《しず》かに立ちあがると、前にすすみでました。

もちろん、下半身《かはんしん》はドラゴンのままですから、二本足で歩くのは、ちょっとした試練《しれん》でしたが……。

「ほんとうの名前がわかったら、その若者《わかもの》と少女を人間界《にんげんかい》にもどしてくれるんですね。」

黒《くろ》ばらさんは、王と女王《じょおう》とを交互《こうご》に見すえながらいいました。

パフ女王の口もとが、あっというようにひらきました。

「そなたは……。やっぱりここまでやってきたか……。」

「女王さま。何度《なんど》かおあいしましたね。さあ、いまこそ、あたしがさがしつづけていた若者《わかもの》をかえしていただくときです。」

「そなたは……？」

妖精王《ようせいおう》がいぶかしげにたずねました。

「二級魔法使《きゅうまほうつか》い黒《くろ》ばらともうします。わけあって、はるばる日本から、ある若者《わかもの》をさがしてここまでやってまいりました。その若者の名は……宗田秀之《むねだひでゆき》……。」

広間《ひろま》じゅうのものが声にならない叫《さけ》び声《ごえ》をあげて、黒ばらさんを見つめました。

黒ばらさんは花嫁《はなよめ》の耳もとでささやきました。

「さあ、いってごらんなさい。宗田秀之《むねだひでゆき》くんをかえしてって……。」

花嫁《はなよめ》は、まっすぐ黒ばらさんを見つめかえしました。

涙《なみだ》でぬれたまつげがふるえて、いったんとじられ、ふたたび感謝《かんしゃ》にみちた目で黒ばらさんを見つめました。

「ありがとう。二級魔法使《きゅうまほうつか》い黒《くろ》ばらさん……。」

それから花嫁《はなよめ》すがたのツリガネ草《そう》は、まっすぐ妖精女王《ようせいじょおう》にむかうといいました。

「いまこそ女王さまにもうしあげます。契約《けいやく》どおり、あたしの宗田秀之《むねだひでゆき》くんをかえしてください。」

女王は、あえぐように胸《むね》に手をやりました。

女王の手が触《ふ》れた胸《むね》もとのあたりに、こんどは、ぽっと赤みがさしました。その赤みが全身《ぜんしん》にひろがって、まっ青《さお》だった女王の全身は、あじさいの七変化《しちへんげ》のように紫色《むらさきいろ》にそまりはじめました。

見る見るうちに紫色《むらさきいろ》からまたもやピンク色に、そして、炎《ほのお》のようにまっ赤《か》になっていきます。女王《じょおう》の表情《ひょうじょう》も、とまどいから恥《は》じらい、混乱《こんらん》から怒《いか》りへとくるくるかわっていきました。そして、もとのピンク色の全身《ぜんしん》にもどったときには、すっかり落《お》ち着《つ》きをとりもどしていました。

女王は観念《かんねん》したようにうなずくと、首にかけたくさりをぐいと胸《むな》もとからひっぱりだしました。手には、ドレスの中にかくれていた大きな宝石《ほうせき》のペンダントトップがぶらさがっています。

「ええい！　さっさと首でもひねっておくんだった。どこへなりといくがいい！」

女王は、宝石を床《ゆか》になげつけました。

つぎの瞬間《しゅんかん》、宝石《ほうせき》が花火《はなび》のような光をはなってとびちりました。

思わず目をつぶった黒《くろ》ばらさんがふたたび目をあけてみると、ツリガネ草《そう》の肩《かた》をだいて、ひとりの若者《わかもの》が立っていました。

黒い髪《かみ》に黒い瞳《ひとみ》の青年《せいねん》でした。

「ひでくん！　ひでくんね！」

黒ばらさんはかけよると、若者《わかもの》によりそいました。

最後《さいご》にあってから、すでに十五年《ねん》以上《いじょう》たっています。少年だったひでくんは、し

なやかな若木《わかぎ》を思わせる青年《せいねん》になっていました。

「ああ、この目だわ！　ちっともかわっていない。」

「黒《くろ》ばらさんこそ、ちっともかわっていない……。でも、マントの下はどうやらたいへんなことになっているみたいだね。」

「そうなのよ。」

黒ばらさんがうなずくと、ひでくんもうなずきかえしてつづけました。

「ザワブルンの城《しろ》でであったときも、ひと目でわかった。ここまできてくれるとは思いもしなかった。いろいろ……たいへんなことがあったんだね。ありがとう、黒ばらさん。」

たちまち、広間《ひろま》は興奮《こうふん》のうずにつつまれ、黒ばらさんはもみくちゃになりました。いつのまにかマントもはだけ、ドラゴンの下半身《かはんしん》も丸見《まるみ》えでしたが、だれもおどろく者《もの》はいませんでした。

花嫁《はなよめ》に逃《に》げられた妖精《ようせい》の王子《おうじ》は、だだっ子のように妖精女王《じよおう》のひざに身《み》をなげだして泣《な》きさけんでいます。

「ママー！　ママー！　ぼくの新しい花嫁《はなよめ》さん、あいつが横取《よこど》りしちゃったー！」

妖精の王だけがひとり苦虫《にがむし》をかみつぶしたような顔で、玉座《ぎょくざ》にもたれていましたが、やがて立ちあがると口をひらきました。

「みなのもの。ごらんのとおりの理由《りゆう》で、妖精王子《ようせいおうじ》の結婚式《けっこんしき》はとりやめだ。残念《ざんねん》だが、パフ女王《じょおう》には、それ相応《そうおう》の罰《ばつ》をひきうけてもらわねばならぬ。よくも恥《はじ》をかかせてくれたたな。」

女王の顔がひきつりました。

「まさか、わらわを忘《わす》れ川《がわ》のむこうに追いやるのでは……？」

「わしはこんなことになっても、そちを愛《あい》しておる。そんなことはせぬ。まあ、しばらくのあいだ、すべての魔法《まほう》の力を返してもらうぞ。そちには、湖《みずうみ》の下の部屋《へや》で謹慎《きんしん》してもらおう。ぬしさまのとなりの部屋だ。」

「え？　あの湖のぬしさまの？」

「そうだ。だが、安心《あんしん》するがよい。そなたは、ぬしさまの好《この》みの味《あじ》ではないからな。せいぜい、話し相手《あいて》にでもなってやってくれ。」

「ほっ！　ありがとうございます。忘《わす》れ川《がわ》のむこうに追いやられるよりは、はるかにましです。」

パフ女王《じょおう》は、王の足もとにひれふしました。

「さあ、みなのもの。せっかくあつまってくれたのだ。このあとは、えんりょなく飲《の》み食《く》いしていってくれ。」

そういうと、王はさっさとひっこんでしまいました。

あわてた妖精女王《ようせいじょおう》が、かかえるように王子をつれて、そのあとを追っていきました。

よろこんだのは、広間《ひろま》の客《きゃく》たちです。

「さあ、祝宴《しゅくえん》だ！」

「酒《さけ》をもってこい！」

「料理《りょうり》を運《はこ》べ！」

ひでくんとツリガネ草《そう》は、いままでもそうだったように、ただしっかりとだきあっていました。

全員《ぜんいん》がうきたつなかで、枯《か》れ木女《きおんな》を追いかけているヤルマルのすがたが、黒《くろ》ばらさんの目にとまりました。

「あ、そうだわ。あの枯れ木女に、あたしも、たしかめたいことがある……。」

黒ばらさんは、こちらに小走《こばし》りにかけてくる枯れ木女の前にまわって通《とお》せんぼ。

「なにするんだい？　あたしになにか用《よう》なのかい？」

キーキー悲鳴《ひめい》をあげる枯《か》れ木女《きおんな》の腕《うで》をしっかりつかまえると、ヤルマルを待《ま》ちました。

「さあ、ヤルマル。つかまえたわ。あなたのお母さんなんでしょ？」

するとかれ木女はいかにも心外《しんがい》だというふうに、黒《くろ》ばらさんをにらみつけていうのでした。

「あたしが母親《ははおや》だって？　まあ、じょうだんをおいいでないよ。」

「で、でも……あのダペスト村《むら》のヤルマルのところに、ときどき食べ物をとどけていたのは、あなたでしょ？」

それをきいた枯《か》れ木女《きおんな》は、ますます軽蔑《けいべつ》したようにいいました。

「はん！　それがどうした。妖精女王《ようせいじょおう》にいいつかったから、やっていたまでだよ。」

「え？　妖精女王に？　じゃあ、じゃあ、あのツリガネ草《そう》は……？」

「なにがいいたいんだね、あんたは！　あの子はね、森《もり》の中でオオカミにとりかこまれていたんだよ。おおかた、親《おや》にでもすてられたんだろ。あたしが通りかからなきゃ、まちがいなくオオカミのえじきになってたさ。あたしゃ、手塩《てしお》にかけてここまであの子をそだてたってのに、恩《おん》をあだで返しやがって……。」

枯《か》れ木女《きおんな》は、なおもブツブツ呪《のろ》いの言葉《ことば》をはいていいましたが、黒《くろ》ばらさんはもうきいてはいませんでした。

「オオカミに？　じゃあ、ジャマーラの……！」

いつのまにか、ジャマーラがそばに立っていました。

「きいたよ。あのツリガネ草《そう》は、ひょっとしてあたしの……。」

黒《くろ》ばらさんは、ジャマーラの涙《なみだ》をはじめて見ました。

「さあ、早く娘《むすめ》さんのところへ……。」

黒ばらさんは、ジャマーラの背中《せなか》をおしてあげましたが、ジャマーラはじいっとツリガネ草《そう》のほうを見つめながらも、なぜかその場に立ちつくしていました。

「い、いや。いまはやめておくよ。あたしだって、まだ気持ちの整理《せいり》がつかない。もしかしたら、夢《ゆめ》かもしれない。もうちょっと確信《かくしん》がもてるまで、ほっといておくれよ。」

そんなジャマーラの気持ちは、黒《くろ》ばらさんにもわかるような気がしました。

それにしても、思いがけない展開《てんかい》でした。

ひょっとしたらひょっとして、自分《じぶん》の娘《むすめ》かも……などと思っていた黒ばらさんのあわい期待《きたい》は、みごとにうちくだかれました。

「それじゃ、わしのほんとうの親《おや》はだれなんだね？　え？」

気がつくと、ヤルマルがしつこく枯《か》れ木女《きおんな》にせまっています。

枯れ木女は、とうとう観念《かんねん》したようにいいました。

「ま、こうなっちゃしょうがない。とうとう、ほんとうのことを話すときがきたようだね。」

そういって、ヤルマルの手をとると、広間《ひろま》のどこかむこうのほうへ消《き》えていきました。

そのすがたを目で追いながら、黒《くろ》ばらさんはまだたちなおることができませんでした。

「ウキー！　オバサン、オバサン！　結婚式《けっこんしき》はとりやめになったね。おいら、うれしいけど、やっぱりツリガネ草《そう》は、あの若者《わかもの》にとられちゃうんだね。悲《かな》しいよ。」

そばにやってきたスキデンユキデンが、べそをかきそうな顔でいいました。

「センセーヨー！　なにがなんだかワカーンナイけど、いよいよごちそうが出るようですケー。」

ケケーロも、舌《した》をぺろぺろさせながらいっています。

「そ、そうね。せっかくだから、ごちそうになりましょう。」

黒《くろ》ばらさんは、ひでくんやツリガネ草《そう》やジャマーラがかこんでいるテーブルにくわわりました。ジャマーラが、グラスをあげていいました。

「おまえさんも、みごとにやったね。旅《たび》の目的《もくてき》も、これではたされたってわけだね。祝杯《しゅくはい》をあげようじゃないか。」

「ありがとう。あなたも、ほんとうにおめでとう！」

「ありがとうよ。」

ジャマーラはてれくさそうに目をそらし、あわてて話題《わだい》をかえました。

「妖精《ようせい》の女王《じょおう》も王子も、ざまみろだね。ひさしぶりにおもしろい芝居《しばい》を見せてもらったような気分《きぶん》だよ。ははは。あたしだって、ひと晩《ばん》でこういろんなことがおきちゃ、おかしくなりそうだよ。こういうときは、飲《の》むにかぎるわ。さあ、飲もう、飲もう！」

「かんぱい！　さ、飲むぞー！」

黒《くろ》ばらさんも、ジャマーラ同様《どうよう》、混乱《こんらん》していました。

でも、いまは考えるのをやめようと思いました。

妖精《ようせい》の酒《さけ》でもなんでもいい、首から下がドラゴンでもなんでもいい、黒ばらさんも、今夜《こんや》だけは酔《よ》いたい気分《きぶん》でした。

19 ふたたび魔法学校《まほうがっこう》へ

それから三日後《みっかご》、黒《くろ》ばらさんとひでくんは、ハロケン山をめざして夕暮《ゆうぐ》れの森《もり》の上空《じょうくう》をとんでいました。

ひでくんは、白鳥《はくちょう》のすがたになって……。

黒ばらさんは、あいかわらず、首から下がドラゴンのまま、空をとんでいました。りっぱな翼《つばさ》もありましたから、なまじ、スコップや布団《ふとん》たたきなんかにまたがってとぶよりは、はるかに快適《かいてき》でした。

ひでくんは魔法《まほう》学校にもどって、修行《しゅぎょう》をつづけなくてはなりません。とりわけ、中途半端《ちゅうとはんぱ》に習得《しゅうとく》してしまった〈時《とき》の魔法〉を、きちんと勉強《べんきょう》しなおすのはたいへんそうでした。

黒《くろ》ばらさんも変身術《へんしんじゅつ》の呪文《じゅもん》を、もういちどおさらいしてくるつもりです。でないと、もとにもどることもできませんから……。

スキデンユキデンは、ジャマーラとツリガネ草《そう》が、無事母子《ぶじおやこ》として対面《たいめん》できるまで、しばらくツリガネ草のそばにいることにきめたそうです。

「スキデンユキデンのよろこびようったら、なかったね。」

ひでくんが、黒《くろ》ばらさんのほうを見ていいました。

「ほんと。ひでくんが〈時《とき》の魔法《まほう》〉を勉強《べんきょう》しなおしてもどってくるまでには、絶《ぜっ》対《たい》、ツリガネ草の心を射《い》とめてみせる。なーんていっちゃってさ。」

「ほんとうにそうなったらどうしよう。」

「だいじょうぶよ。ツリガネ草《そう》は待《ま》っているわよ。だから、ひでくんは、いつでもあえるように、ちゃんと〈時の魔法〉を勉強しなくちゃ。」

「もちろんさ。そのために、魔法《まほう》学校へもどるんじゃないか。」

「ひでくんのお父さんも心配《しんぱい》しているでしょうね。」

「うん。さっそく手紙をだすよ。」

「ところで、ヤルマルはあれからどうしたかしらね。枯《か》れ木女《きおんな》がどっかへつれていったけど、母親《ははおや》にあえたのかしら。」

妖精《ようせい》の城《しろ》の宴会《えんかい》でも、とちゅうでヤルマルは、枯《か》れ木女《きおんな》といっしょにどこかへ消《き》えたきりでした。

別《わか》れのあいさつもないままだったのが気になる黒《くろ》ばらさんでした。

「あれ、黒ばらさん、きいてなかったの？　ヤルマルは、あの妖精王子《おうじ》の双子《ふたご》の兄さんだったんだよ。」

「ええーっ？　ちょっと待《ま》って！　なんですって？」

これには黒《くろ》ばらさんもびっくりぎょうてん。

もうすこしで、地上《ちじょう》にまっさかさまに墜落《ついらく》するところでした。

「妖精《ようせい》の王家《おうけ》では、双子《ふたご》はどうも不吉《ふきつ》らしいんだよ。そこで、妖精女王《じょおう》は、雑用《ざつよう》係《がかり》をしていたあの女に、兄さんのほうをどこか遠くにあずけてくるようにいいつけたんだ。」

「で、でも……。」

黒ばらさんの頭の中は大混乱《だいこんらん》。

「あのヤルマルが育《そだ》ったのは、まるっきり時代がちがうんじゃないの？」

「そりゃ、妖精女王じきじきの密使《みっし》だもの。どうにでも〈時〉はこえられたんじゃ

ないの？」

「そうか。それで、枯《か》れ木女《きおんな》は、はるか時をへだてた未来《みらい》においてきたってわけね。」

「そう。ちょうど、赤《あか》ん坊《ぼう》をなくして悲《かな》しんでいた夫婦《ふうふ》のところへね。」

どっきん！　ああ、その赤ん坊こそあたしの娘《むすめ》！

黒《くろ》ばらさんは、のどまで出かかった言葉《ことば》をのみこみました。

そんなこととも知らないひでくんは、一生懸命説明《いっしょうけんめいせつめい》してくれました。

「でも、あの妖精王子《ようせいおうじ》があまりにもバカ息子《むすこ》だったんで、妖精王はきっと、ヤルマルをあとつぎにするんじゃないかな？」

「ふうん。それは、めでたしめでたしね。あたしは、無事《ぶじ》、ひでくんを見つけられたし、ひでくんも妖精女王《ようせいじょおう》の奴隷《どれい》にならなくてすんだし、ジャマーラも、死《し》んだと思った娘《むすめ》が帰ってきたし、スキデンユキデンもツリガネ草《そう》といっしょにくらせるし、万事《ばんじ》、ハッピーエンドだわ。」

黒《くろ》ばらさんがそういったとたん、

「クエー！　あっしゃ、どうなるんですケー？」

黒ばらさんのマントの内ポケットのあたりで声がしました。

ケケーロでした。

「あら、あんた、いたのね。ごめん！　でも、まあ、魔法学校《まほう》で変身術《へんしんじゅつ》を勉強《べんきょう》しなおすまでは、このままでいたほうがいいわよ。あたしだって、このとおりなんだからさ。」

「クエー！　黒《くろ》ばらさんが無事《ぶじ》に旅《たび》の目的《もくてき》をはたせたのも、あっしがそばについていたおかげなんだから、もっとだいじにしてクエー！」

「それはそうだわ。ありがとうね。あ、下を見てごらん。ザワブルンの城《しろ》が見えるわ。」

見覚《みおぼ》えのある城の前庭《まえにわ》には、観光《かんこう》バスがとまり、乗客《じょうきゃく》がぞろぞろおりてくるところでした。

「ほんとだ。時間がもどってる！」

「よかった！　魔法《まほう》学校ももとにもどってるわね、きっと。」

黒《くろ》ばらさんと白鳥《はくちょう》は、スピードをあげ、ひたすらハロケン山をめざしてとんでいきました。


〈おわり〉

あとがき

末吉暁子《すえよしあきこ》

黒《くろ》ばらさんとのおつきあいもずいぶん長いものになりました。

最初《さいしょ》に『2級魔法使《きゅうまほうつか》い黒ばらさん』（文研出版）として単行本《たんこうぼん》になったのが一九八一年。

それからもつかずはなれず、雑誌《ざっし》「MOE」や「びわの実《み》学校」に書きつづけ、『黒ばらさんの七つの魔法』（偕成社）として本にしていただいたのが一九九一年。

そして、今回の『黒ばらさんの魔法の旅だち』が本になるまで、なんと、十五年もたってしまいました。こちらは、同人誌《どうじんし》「鬼ヶ島通信《おにがしまつうしん》」の第《だい》四〇号《ごう》（二〇〇二年秋号）から第四六号（二〇〇五年秋号）まで連載《れんさい》したものに加筆訂正《かひつていせい》いたしました。

『黒ばらさんの七つの魔法』を出版してから、現実の時間が十五年たったのと同様《どうよう》、物語のなかでも十五年が過《す》ぎ、黒ばらさんも百五十歳《さい》になりました。たぶん、黒ばらさんがわたし自身の感覚《かんかく》にかなり近い人物《じんぶつ》だったから、長い年月を気楽《きらく》におつきあいできたのでしょう。

その空白《くうはく》の十五年のあいだにも、黒ばらさんのことをわすれないでふたたびの登場《とうじょう》を待っていてくださった読者《どくしゃ》の存在《そんざい》は、大きな励《はげ》みとなりました。また、当初《とうしょ》から、ずっとおつきあいくださった画家《がか》の牧野鈴子《まきのすずこ》さんは、今回も力のこもったすばらしい挿絵《さしえ》を描《か》いてくださいました。文字《もじ》どおり叱咤激励《しったげきれい》してくださった偕成社の編集部にも、厚《あつ》くお礼《れい》申しあげます。

末吉暁子（すえよし　あきこ）

神奈川県に生まれる。青山学院女子短期大学英文科卒業。児童図書の編集を経て、創作活動にはいる。『星に帰った少女』で日本児童文学者協会新人賞・日本児童文芸家協会新人賞。『ママの黄色い子象』で野間児童文芸賞。『雨ふり花さいた』で小学館出版文化賞。「鬼ヶ島通信」同人。作品に『かいじゅうになった女の子』「シルカ小学校のブキミともだち」シリーズ、「ざわざわ森のがんこちゃん」シリーズ、『黒ばらさんの七つの魔法』。

牧野鈴子（まきの　すずこ）

熊本県に生まれる。熊本短期大学教養科美術コース卒業。幻想的で華麗なタッチの画風が独自の世界をつくる。『森のクリスマスツリー』でボローニヤエルバ賞推奨。画集に『ピヴォット』『歌のつばさ』がある。絵本に『ねむりひめ』『手ぶくろを買いに』さし絵に『星占い師のいた街』『黒ばらさんの七つの魔法』。

黒ばらさんの魔法《まほう》の旅《たび》だち

NDC 913
偕成社ワンダーランド35
偕成社 302P 22cm
ISBN978-4-03-540350-0

黒ばらさんの魔法《まほう》の旅《たび》だち

2007年3月　初版第1刷

作　者　末吉 暁子
画　家　牧野 鈴子
発行者　今村 正樹
発行所　株式会社 偕成社
〒162-8450　東京都新宿区市谷砂土原町3-5
TEL:03-3260-3221(販売)　03-3260-3229(編集)
http://www.kaiseisha.co.jp
印刷所　三美印刷株式会社
小宮山印刷株式会社
製本所　株式会社常川製本

落丁本・乱丁本はおとりかえいたします。

本のご注文は電話・ファックスまたはEメールでお受けしています。
TEL:03-3260-3221　FAX:03-3260-3222　e-mail: sales@kaiseisha.co.jp

偕成社ワンダーランドへようこそ

1 とび丸竜の案内人
柏葉幸子:作　児島なおみ:絵
時を越えて、竜と旅をし、理子は旅の果ての太陽よりも、もっともっと大切な人とめぐりあうことになる。

2 9月0日大冒険
さとうまきこ:作　田中槇子:絵
純が真夜中に窓から見たのは、なんと白亜紀のジャングル。カレンダーの日付は9月0日だった。

3 闇の国のラビリンス
浅川じゅん:作　武田美穂:絵
臆病者でわがままなサスケがまぎれこんだのは、童話の世界の主人公たちの住むおとぎの国。

4 そよかぜ野菜村
ときありえ:作　川上越子:絵
どこにあるのかは知りませんが、この世のどこかにある野菜たちだけの村、そよかぜ野菜村。

5 ジークー月のしずく日のしずく
斉藤洋:作　小澤摩純:絵
狼猟師アレスの息子ジークは、父の死後、運命の糸にみちびかれ、己の出生の秘密を知る。

6 黒ばらさんの七つの魔法
末吉暁子:作　牧野鈴子:絵
黒ばらさんはおぼえた魔法をつかって、吸血鬼と対決したり、にせの魔女を追いつめたり大活躍。

7 赤い円ばんあんパン号
沖井千代子:作　田畑精一:絵
ぬいぐるみのくまの子チロ吉がほんもののくまの子にかわるとき、ジュンたちの冒険が始まる。

8 大おばさんの不思議なレシピ
柏葉幸子:作　児島なおみ:絵
美奈が見つけた大おばさんのレシピ。料理や小物を作り方のとおりに美奈がつくると、別世界へ呼ばれる不思議なレシピだった。

9 メトロ・ゴーラウンド
坂東眞砂子:作　勝川克志:絵
タケシは友だちを探して地下鉄に乗るうち、ヨクノポリスと呼ばれる未来社会に着き、タワーを壊す。

10 花豆の煮えるまでー小夜の物語
安房直子:作　味戸ケイコ:絵
山の旅館の娘、小夜にはお母さんがありません。小夜の生まれる前のお父さんとお母さんの話。

11 仮面の国のユリコ
浜たかや:作　ささめやゆき:絵
ユリコが迷い込んだのはシャイトという国。すべての民が仮面をつけ、王女はねむりつづけていた。

12 てりふり山の染めものや
おちのりこ:作　まさいけい:絵
人里はなれたてりふり山に住むことになった染織家のとしさんは三吉にであい、不思議な染め方を教えてもらう。

13 ひとりでいらっしゃいー七つの怪談
斉藤洋:作　奥江幸子:絵
怪談をしたりきいたりするのが大好きな隆一は、偶然たずねた大学の"恐怖クラブ"に飛び入りで入会。

14 ユメのいる時間に
山末やすえ:作　田中槇子:絵
朽ちかけた洋館の補修工事現場で、音彦は洋館がまだ新しかった頃の時代にタイムスリップする。

15 精霊の守り人
上橋菜穂子:作　二木真希子:絵
人間の世界を見守る精霊は、100年に一度人間に宿り、新しく誕生する。守り人シリーズ第一作。

16 かぼちゃの馬車と毒りんご
白阪実世子:作　もとなおこ:絵
おとぎの国へスリップした由里と麻里は、それぞれあこがれの白雪姫とシンデレラ姫をめざす。

17 選ばなかった冒険ー光の石の伝説
岡田淳:作絵
学とあかりが、学校の廊下から迷いこんだのは、テレビゲーム「光の石の伝説」の世界。

18 ドードー鳥の小間使い
柏葉幸子:作　児島なおみ:絵
タカが祖父の部屋を片づけていると、急に鳥のはく製が動き出し、いいなづけを探してくれという。

19 満月の夜 古池で
坂東眞砂子:作　廣川沙映子:絵
カラスの話し声をきいてしまった立花透は、黒い背広の男たちにつきまとわれるようになる。

20 ぼっこ
富安陽子:作　瓜南直子:絵
繁は古い家の中で、ぼっこと名のる少年と出会う。ぼっこは不慣れな土地での生活にとまどう繁の世話をやく。

21 闇の守り人
上橋菜穂子:作　二木真希子:絵
養父ジグロの供養のために、久しぶりに故郷のカンバルに帰った女用心棒バルサをまちうけていたのは。

22 金のくるみ銀の星
白阪実世子:作　もとなおこ:絵
「くるみ割人形」の物語の中にワープしてしまった有希。クララもフリッツもいるのにどこか変です。

23 夢の守り人
上橋菜穂子:作　二木真希子:絵
旅の歌い手ユグノにであった女用心棒のバルサは、やがて、人の魂を欲する花の精の存在を知る。

24 筆箱の中の暗闇
那須正幹:作　堀川真:絵
あなたの生きている世界はだれか他の人の夢にすぎないかもしれない。不思議世界の物語30編。

25 ジークⅡーゴルドニア戦記
斉藤洋:作　小澤摩純:絵
ジルバニアにくらすジークは、叔父の要請で海を越え、父の国ゴルドニアに向かい、竜と対決する。

26 マシュマロ王女の秘密の旅
白阪実世子:作　もとなおこ:絵
マシュマロ王女は夢みがちな王女様。いつか竜とあって空をとぶのが夢。そのために冒険へと出発する。

27 虚空の旅人
上橋菜穂子:作　佐竹美保:絵
新ヨゴ皇国のチャグム皇太子は、隣国サンガルへまねかれる。サンガルでは陰謀が進んでいた。

28.29 神の守り人［来訪編］［帰還編］
上橋菜穂子:作　二木真希子:絵
謎の美少女アスラを連れ、みえない追手からひたすら逃げるバルサ。アスラはいたいけな少女なのか、それとも危険な存在なのか。シリーズ最新作、全2巻。